# La Revendication de l'Alpha

## Les Ours Bad Boys
### Tome 1

## Renee Rose

*Traduction par*
Agathe M

Réalisé avec Vellum

# Livre gratuit - La Vierge et le Vampire

# Livre gratuit de Renee Rose

**Abonnez-vous à la newsletter de Renee**

Abonnez-vous à la newsletter de Renee pour recevoir livre gratuit, des scènes bonus gratuites et pour être avertie de ses nouvelles parutions !

# Chapitre Un

P*aloma*
À l'instant où le verrou de ma chambre se ferme dans un cliquètement, je me rue sur le placard.

Des vêtements noirs, pour ne pas être visible sur le bâtiment de nuit. Des chaussures à semelles souples, pour agripper les pierres de la façade avec mes orteils.

Je me débarrasse en vitesse de ma « tenue de travail » et enfile ma tenue d'évasion.

Je pense avoir de trois à huit minutes avant qu'ils comprennent comment rétablir le courant, et pendant cet intervalle de temps, je dois sortir sur le balcon, descendre le mur et plonger dans l'océan, où les caméras de sécurité ne me verront pas et où les thermoscans ne pourront pas repérer ma signature thermique.

— Tu vas y arriver, tu vas y arriver, tu vas y arriver, scandé-je à voix basse pour moi-même.

Les doigts tremblants, je sors les outils qui me serviront à crocheter la serrure de leur sachet. Je l'ai caché dans la poche d'un jogging noir il y a des semaines, après avoir surpris le fils de treize ans du jardinier en train de crocheter le verrou du garage lors d'un de mes rares moments sans surveillance dans le jardin. Thom m'avait envoyée en promenade après avoir décrété que j'étais trop grosse et que j'avais besoin de faire plus d'exercice. J'avais été folle de joie d'être autorisée à sortir.

L'adolescent m'avait affirmé qu'il ne cherchait pas à mal et qu'il s'entraînait simplement à crocheter les serrures. Il m'avait montré son manuel et les outils qu'il avait commandés en ligne. J'avais dit que je ne le dénoncerais pas, mais que je devais confisquer son matériel. Sévère, mais nécessaire. Je laisserai le tout dans la jardinière sous ma fenêtre. Il les retrouvera peut-être un jour.

Je me laisse tomber à genoux devant les portes vitrées qui mènent au balcon.

Je glisse le mince tendeur dans la serrure et applique une pression sur le manche. Puis j'enfonce le crochet. Je ferme les yeux pour me concentrer. Je me suis entraînée au moins cent fois. Je sais déjà comment chercher les goupilles et les enfoncer une par une, jusqu'à ce que le verrou s'ouvre. J'intensifie légèrement la pression sur le tendeur, puis je tourne.

*Clic.*

Je n'étais encore jamais allée aussi loin. Jusqu'à présent, je ne pouvais pas ouvrir les portes, car le système de surveillance aurait averti l'équipe de sécurité de Thom. Maintenant que l'électricité est coupée dans la propriété, mon moment est venu.

Je pousse un soupir, range les outils dans ma poche, et à deux mains, je tire sur les portes.

Elles ne bougent pas.

J'examine leur cadre. Ai-je oublié quelque chose ? Un deuxième verrou ? Une barre de sécurité ? Je ne vois rien.

— Allez, grommelé-je à voix basse.

Je tire plus fort.

Elles refusent de bouger.

— *Juepucha*, marmonné-je. Allez, bouge, saleté.

Je tire de toutes mes forces. Les portes s'ouvrent brusquement, et une bouffée d'air marin emplit la pièce, agitant les rideaux.

*Oui !*

Je ne suis plus la fille prisonnière de sa tour. Je me glisse dehors et ferme sans un bruit les portes derrière moi.

Vous en avez lu, des histoires avec des filles prisonnières d'une tour, non ? Certaines sont de belles et jeunes vierges au teint de lait. D'autres sont des princesses. Certaines ont de longs cheveux qui servent de corde au prince venu les sauver.

Moi ? J'imagine que je suis une sorte de magicienne. Je suis capable de prédire l'avenir d'une entreprise rien qu'en jetant un œil à ses comptes.

D'où mon utilité en tant que tradeuse.

Techniquement, je suis aussi jeune et vierge. Quant à savoir si je suis belle, je ne me prononcerai pas. C'est subjectif. Enfin bref. Sinon, je suis latina, donc pour le teint de lait, on repassera. Et je ne fais pas du 34. Loin de là.

Je passe une jambe par-dessus la balustrade en marbre qui ferme le balcon, puis l'autre, et je me retrouve en équilibre sur le rebord de quelques centimètres.

— Ne regarde pas en bas, chuchoté-je.

Dans mon conte de fées à moi, il n'y a pas de treillis sur la façade pour m'aider à descendre, mais des fils métalliques sont fixés horizontalement pour soutenir le lierre. Je me penche et pose le pied sur l'un d'entre eux avant d'appuyer de tout mon poids. Il tient le coup.

Je retiens mon souffle et transfère une main sur un autre

fil. Il s'enfonce dans ma paume, mais ça fera l'affaire. Je quitte la sécurité de la balustrade et cherche un fil plus bas avec mon pied libre. Il est plus loin que je ne l'aurais cru, mais je finis par le trouver. Puis je réalise que certaines branches de lierres sont assez épaisses pour soutenir mon poids.

Ça me convient mieux. Je descends petit à petit, cherchant les fils avec mes pieds, mais glissant mes mains le long des branches. Je suis au troisième étage, et maintenant que le moment est venu, cela me semble beaucoup plus haut et long à parcourir. En plus, j'ai déjà gaspillé trop de temps.

La lumière risque d'être rétablie d'un instant à l'autre.

La branche à laquelle je suis agrippée, trop fine, se casse. Je glisse, et j'agite mes mains, qui finissent par attraper quelque chose. Ma peau s'entaille, et j'ai les doigts qui brûlent, mais je le remarque à peine. Je ne pense qu'à une chose : descendre.

Je saute trop tôt, et ma cheville et mon genou encaissent lourdement le choc. Mais peu importe ; je suis libre. Je m'élance en direction de l'océan, le plus vite possible.

Pour cette partie-là aussi je me suis entraînée. J'ai beau être enrobée, je cours quotidiennement sur mon tapis de course face à l'océan, murmurant à mon corps que le jour de la fuite arrivera. Ma maladie me complique la tâche, mais mon traitement semble fonctionner.

Je n'étais pas prête pour ce soir. Je comptais trouver Wren et la mettre en sécurité avant de m'enfuir. En plus, il faut que je mette la main sur les médicaments qui me permettent de survivre. La dernière fois que j'ai tenté de fuir, je me suis écroulée avant d'avoir parcouru beaucoup de chemin. Mais désormais, je me sens plus forte, et je n'ai pas le choix. Le temps m'est compté.

Pendant le dîner, Thom m'a révélé son plan répugnant.

Demain soir, il a l'intention de me mettre aux enchères et de vendre mes services de tradeuse au plus offrant. Je lui rapporte des milliards, mais apparemment, ça ne lui suffit pas. Il est prêt à me vendre à l'un de ses potes pour cimenter une fusion entre son entreprise et celle d'un membre de la haute société. Sa version tordue du mariage arrangé.

Désolée, mais non. Pas moyen.

Cette fois, ma fuite aboutira. Il le faut.

La lumière revient sur la propriété dans un éclair aveuglant.

Eh merde.

*Cours, cours, cours.* Tête baissée, je pique un sprint. Mes pieds frappent le sable.

Une alarme retentit. J'espère qu'ils mettront quand même un moment à découvrir ma disparition. Tant que je...

— Plus un geste ! lance une voix masculine.

*Non !* Je suis repérée.

Je peux encore y arriver. Je peux me cacher dans l'eau. J'atteins la rive et plonge dans l'eau glacée avant qu'il y ait assez de profondeur, ce qui se solde en plat. Je tire sur les rochers pour me propulser vers le large.

Je ne regarde pas derrière moi. Je ne veux pas voir si mes poursuivants sont proches. S'ils vont me rattraper. Je serre les paupières et nage de toutes mes forces, oubliant que même si je ne suis pas capturée, je risque de ne pas survivre à l'océan.

Mais je suis capturée.

Un bras puissant s'enroule autour de ma gorge et me pousse la tête sous l'eau.

Je me débats, donne des coups de pied, des coups de coude, tente d'échapper à son emprise. J'ai besoin de respirer.

Ce type cherche à me tuer, ou quoi ?

Visiblement, il ne sait pas que je suis la poule aux œufs d'or.

Tout est assourdi par le bruit de l'eau qui m'entoure, mais au-dessus de ma tête, j'entends des cris. Une lumière apparaît en périphérie de mon champ de vision. Des étoiles dansent devant mes yeux.

Puis j'émerge. Soulevée par les cheveux au-dessus de l'eau.

— Qu'est-ce que vous fabriquez ? vocifère Thom sur la rive.

— Pardon, M. Thomson. Je l'ai prise pour une intruse.

— *Ramenez ma fille sur la plage.*

Sa *fille*. Chaque fois qu'il m'appelle comme ça, j'ai envie de vomir.

Chip, le chef de la sécurité de Thom, et un autre garde me prennent par les bras et me traînent hors de l'océan, jusqu'à la plage où Thom me gifle violemment.

Je me dis que c'est ma seule chance. Si l'un des employés de Thom a une once de conscience, je dois l'alerter. S'il ne désobéit pas maintenant, il contactera peut-être les autorités.

— Laisse-moi partir ! m'écrié-je. Tu ne peux pas me vendre aux enchères. Je ne suis pas ta propriété ! Tu ne peux pas me garder prisonnière ici éternellement !

Une aiguille s'enfonce dans la chair de mon bras sans que je ne voie rien venir. Je plante mon regard dans les yeux de l'homme qui la manie, et j'entrevois une lueur de plaisir sadique juste avant que tout devienne noir et que mes jambes oublient de me porter.

* * *

*Darius*

Les milliardaires ont une odeur bien à eux. Pas une simple odeur de peau humaine propre, mais un mélange de crèmes hors de prix, de parfums rares et de nourriture haut de gamme.

C'est ce que pense mon ours, en tout cas. Après avoir vécu des années à Manhattan, le nez de mon pauvre animal s'est adapté à toutes sortes d'odeurs citadines. Je suis soulagé de monter dans l'hélicoptère qui me mène dans les Hamptons pour le week-end, même si là-bas aussi, je me frotterai à la haute société de Wall Street.

Quand je descends sur le tarmac, je prends ma première bouffée d'air frais depuis des mois. Il a un goût sucré avec une pointe de sel. De l'autre côté d'une étendue d'herbe de près d'un kilomètre, le soleil brille sur la mer battue par le vent.

Plus on est riche et plus on peut acheter de terres. Mon hôte, Thom Thompson, a entendu parler du succès de mon entreprise d'investissement immobilier, les entreprises Medvedev, ainsi que de mon nouveau fonds spéculatif, Mountain Top Investments, et il m'a invité pour un long week-end afin de me présenter à de potentiels clients. Thom possède une vaste propriété au bord de l'eau, entre deux réserves naturelles.

*Des bois*, souligne mon ours. Il a envie de se défaire de ma peau humaine pour arpenter les terres sauvages de son pas pesant. Le garder en cage, c'est ce qu'il y a de plus difficile dans ma vie à Manhattan. Les bois d'ici n'ont rien à voir avec ceux de la montagne de Bad Bear, où j'ai grandi, mais ils suffisent à me rappeler tout ce que je rate, maintenant que j'ai élu domicile à New York.

*Non,* lui dis-je. Je ne peux pas le libérer ici. Hors de

question de le laisser folâtrer dans cette forêt de pins comme mes frères et moi le faisions. Il n'a pas le droit de courir libre. Pas après ce qu'il a fait. Il n'est pas fiable.

Je vérifie que mon col est en place, et j'enlève mes boutons de manchettes. Je porte mon plus beau blazer, conçu pour sembler décontracté tout en restant parfaitement taillé. Mes mocassins sont faits à la main dans un petit village des abords de Milan. Mon apparence est soignée de la tête aux pieds, pensée pour que je me fonde avec les humains auxquels je tenterai de me lier tout le week-end, la fine fleur de l'élite.

La seule partie qui reste indomptable, ce sont mes cheveux blonds ébouriffés. J'ai beau les faire couper toutes les semaines, je jurerais que mon ours les fait pousser plus vite rien que pour m'embêter. Le vent les agite tandis que je m'éloigne de l'hélicoptère à grands pas.

— Veuillez me suivre, Monsieur.

Un membre du personnel de la propriété en uniforme bleu marine prend ma valise et me guide vers une villa qui rendrait le Gatsby vert de jalousie. Je me prépare psychologiquement, persuadé que l'intérieur sentira le vieux, un mélange de bois ciré et de meubles en crin de cheval, mais tout est moderne.

Le propriétaire, à l'origine de mon invitation, attend ses convives dans le vestibule.

— Darius, bienvenue.

— M. Thomson.

Je lui serre la main, en veillant à ne pas la broyer. Une poignée de main façon ours-garou briserait les os d'un humain.

— Je vous en prie, appelez-moi Thom, dit-il d'une voix nasillarde.

Il porte une tenue décontractée qui doit valoir plus cher qu'une voiture neuve.

— Merci de m'avoir invité.

— Tout le plaisir est pour moi, mon garçon.

Thom et moi nous sommes déjà vus à quelques reprises, mais il est du genre à s'imaginer en mentor. Il fait étalage des jeunes hommes qu'il prend sous son aile, s'attribue leur succès, et les jette dès qu'ils tombent en disgrâce.

— Je suis persuadé que vous trouverez ce week-end instructif.

Comme il ne me laisse pas en placer une, je me contente de murmurer ma reconnaissance pendant qu'il poursuit :

— Lockepoint est équipé de plusieurs piscines et courts de tennis. Sans parler du terrain de golf. J'espère que nous pourrons nous y rendre demain. Ils annoncent de la pluie.

Il se renfrogne, comme si le temps était un employé ayant bien besoin d'être réprimandé. La richesse protège les gens de bien des choses désagréables, mais la nature reste la nature.

— Je suis déjà content d'avoir quitté la ville.

— Oui, je suis ravi que vous ayez pu venir dans mon humble demeure.

Cette *humble demeure* compte près de trente chambres. Elle fait près d'un hectare, et ce sans compter les maisons d'amis et les dépendances.

— Nester va vous montrer votre chambre, mais ne vous y attardez pas. Les cocktails seront servis ici jusqu'à dix-huit heures, puis nous dînerons.

D'autres convives arrivent, alors je le remercie et suis Nester au deuxième étage, puis le long d'un couloir, jusqu'à une chambre avec des fenêtres qui donnent sur l'océan.

*Laisse-moi sortir.*

Mon ours continue de crier son envie d'aller dans les bois.

Je tente de le calmer en ouvrant les fenêtres pour chasser l'odeur de milliardaire. Je hume l'air marin. Une brise agite mes cheveux. Je jurerais qu'il prenne un centimètre de plus pendant que je me tiens là.

Mon téléphone vibre, et je jette un œil à l'écran. C'est Teddy, mon jumeau.

— Me fais pas chier, grommelé-je en le faisant basculer sur la boîte vocale.

Nous avons beau nous ressembler comme deux gouttes d'eau, nous ne pourrions être plus différents, pour des frères. Il s'est engagé dans l'armée à dix-huit ans, dans une unité spéciale pour métamorphes, et il accepte pleinement sa nature animale. Moi, j'ai enfoui mon ours et j'ai déménagé à New York.

Il fallait bien que quelqu'un gagne de l'argent pour entretenir notre famille à la montagne.

Mon téléphone se remet à vibrer. Cette fois, c'est Lana, la compagne humaine de mon frère. Je fronce les sourcils. Il y a peut-être un problème. Quand je réponds, cependant, c'est la voix de Teddy qui retentit à l'autre bout du fil.

— C'est quoi ce bordel, connard ? Tu décroches quand c'est elle, mais pas quand c'est moi ?

— Teddy, le gronde Lana, non loin de là, solaire là où il est grognon. Il est peut-être en train de travailler.

— Exactement, je travaille, interviens-je.

J'aimerais bien insulter mon frère, mais Lana est là. Je l'aime bien. Elle est sympa.

— Qu'est-ce que tu veux ? m'enquiers-je.

— On se demandait si tu venais à la montagne pour Thanksgiving.

— Oh, *Medvezhonok*. Je te manque ?

Je me sers du surnom que je donne à mon frère. Il le déteste presque autant qu'il déteste son nom complet, Théodore.

— Pas du tout, abruti. C'est pour Lana que je t'invite. Elle a prévu un grand repas de famille. Il faut que tu rentres à la maison.

— La montagne de Bad Bear, ce n'est pas ma maison. Je vis à New York.

La dernière fois que je me suis rendu là-bas, je me suis juré de ne plus jamais y retourner. Cet endroit fait remonter mes pulsions d'ours, et je ne peux pas me permettre le danger qui en découle.

Teddy pousse un grognement dédaigneux.

— Rentre à la maison.

Je me renfrogne. Mon ours se débat en moi pour se libérer. Je le repousse.

— Je ne pense pas pouvoir.

— Passe-moi le téléphone, ordonne Lana.

Teddy grommelle quelque chose, mais comme elle le mène par le bout du nez, l'instant d'après, j'entends la voix mélodieuse de ma belle-sœur.

— Bon, ça ne se passait pas du tout comme prévu. Reprenons à zéro. Salut, Darius !

Son enthousiasme infini me fait esquisser un sourire. Je ne suis pas attiré par Lana, mais je mentirais si je prétendais ne pas être super jaloux que mon idiot de frangin ait trouvé sa compagne.

Même si j'évoluais parmi d'autres ours ou si le Destin m'attribuait une humaine et que je parvenais à la trouver, je ne pourrais pas m'accoupler. Mon ours est trop instable. Il détruit tout ce qu'il touche. Je ne peux pas le libérer.

— Salut, Lana.

— Écoute, pitié, pitié, pitié, pitié, rentre pour Thanksgiving. Ça compte beaucoup pour moi.

— Pourquoi ?

Je suis désagréable, et Lana ne mérite pas que je me comporte comme un con avec elle, surtout que ce sont les gros revenus de son entreprise qui ont sauvé la montagne de Bad Bear avant que je transforme Mountain Top et mon entreprise d'investissement immobilier, les investissements Medvedev, en un empire valant des centaines de millions de dollars.

— Si tu veux tout savoir, on a une nouvelle à t'annoncer, répond-elle d'une voix plus douce.

Je ne sais pas pourquoi, mais ça me fait l'effet d'une gifle.

Teddy va avoir un ourson.

Cette nouvelle embrase un sentiment de solitude au fond de moi. L'appel de la famille et de la montagne lutte avec mon envie de faire mes preuves ici.

Sauf que je n'ai plus besoin de gagner des milliards. Ce n'est plus nécessaire depuis que Teddy s'est accouplé à Lana. Je mettais les bouchées doubles pour sauver la montagne, quitte à l'aménager pour éviter qu'elle tombe entre les mains d'un spéculateur sans foi ni loi. Teddy me voit comme un capitaliste malfaisant, mais j'avais de bonnes intentions, bordel.

Sauf que c'est l'argent de Lana qui nous a épargnés. Et sans dénaturer la montagne.

Je suis inutile pour la famille que je me suis mise à dos, alors que je m'évertuais à tenter de la sauver.

— C'est génial, dis-je sans conviction. Félicitations.

J'ai envie de mettre fin à la conversation.

— J'essayerai de venir, Lana.

— Ne te contente pas d'essayer. Réussis, Darius.

Sa voix a la note intraitable qui fait d'elle une femme d'affaires à succès.

— D'accord, Lana, dis-je, conscient d'avoir perdu les négociations. Il faut que je file. Mais je te tiens au courant.

— Sois présent, insiste-t-elle.

Je raccroche et pousse un soupir.

Je me regarde dans la glace et grommelle en voyant mes cheveux, qui ont *encore* pris un centimètre pendant que j'étais au téléphone. Mon ours proteste à l'idée que je refuse de rentrer.

Il faut que je redescende. Je suis là pour me créer des contacts, et ce genre de conneries, ça se fait autour d'un cocktail et d'un dîner.

Je me rends dans la salle de réception, où un serveur prend ma commande, et je m'approche de l'âtre, un whisky *on the rocks* à la main. Au-dessus du manteau de la cheminée se trouve une gigantesque peinture représentant Thom. Il se tient debout dans une pose majestueuse, une jeune femme assise à ses côtés. Mes yeux sont aussitôt aimantés par son visage à l'ovale parfait. Cheveux noirs, yeux noirs, lèvres pulpeuses. Sa peau est quelques tons plus foncée que le teint blafard de Thom.

J'ignore si c'est dû à mon désir de trouver une compagne comme Lana, mais je suis séduit par ce portrait. C'est la plus belle femme que j'aie jamais vue. Le peintre devait être sous son charme. Elle est trop belle pour être vraie.

J'ai fait mes recherches sur mon hôte avant de venir ici, et rien n'indiquait qu'il était marié. Cette femme doit être sa compagne, bien qu'elle semble assez jeune pour être sa fille. Elle n'a même pas l'âge d'avoir fini la fac, mais je connais beaucoup d'hommes qui préfèrent sortir avec des femmes-trophées d'une vingtaine d'années.

*Non,* râle mon ours. Je l'ignore. Il est de plus en plus

négatif face aux personnes et aux lieux que je fréquente. Vivre en ville parmi tant de gens est difficile à encaisser pour lui. Je bosse plus de cent heures par semaine. Mon frère et la montagne lui manquent. Il a soif de liberté.

Mais je n'ose pas le libérer. Dès que je l'ai fait, ça s'est soldé par une catastrophe.

La grande salle de réception se remplit. Il y a quelques hommes d'un certain âge qui ressemblent à Thom, ainsi qu'une pelletée de gosses de riches aux mentons fuyants, aux parfums entêtants et aux montres hors de prix achetées avec le fric de papa. La pièce pue le sentiment de supériorité.

Voilà les types à qui je suis censé faire de la lèche tout le week-end. Pour la plupart des gens, se la couler douce dans une villa avec des ultra-riches serait un rêve éveillé, mais pas pour moi. Passer mes journées à faire du charme aux humains et à les convaincre d'investir dans mon entreprise, je ne trouve pas ça relaxant du tout.

Mais je n'ai pas bâti Mountain Top sans faire de sacrifice. Thom Thompson est à la tête de l'un des fonds spéculatifs les plus prospères du monde. Je suis là pour découvrir ses secrets et vérifier qu'il souhaite sérieusement s'associer à mon entreprise d'investissement pour acquérir des propriétés.

J'engloutis mon whisky et me prépare à me mêler à la foule. Avant que je puisse me lancer, une odeur de fleurs délicates attire mon attention. Elle provient de l'entrée. Je m'y rends, et je m'arrête net en voyant une femme descendre l'escalier majestueux. Elle est petite et tout en courbes, avec des lèvres pleines et des cheveux brillants.

C'est la jeune femme du tableau. J'avais tort. Le peintre n'a pas exagéré l'équilibre parfait de ses traits. Elle est cinquante fois plus belle en vrai. Mon ours bondit sous ma peau.

Elle descend lentement, en examinant la pièce. Elle porte une modeste robe blanche qui fait rayonner sa peau dorée. À mi-chemin, elle surprend mon regard, et ses jolis yeux noirs se plissent avec colère. Son odeur s'épanouit, orchidées et gardénias ainsi qu'une note amère.

Un grondement monte dans ma poitrine quand mon ours tente de faire entendre son opinion. Il est aussi subjugué que moi, mais malheureux de la note médicinale de l'odeur de la jeune femme. Je recule, grognant pour couvrir le grondement de mon ours, et je me frotte la poitrine pour le calmer. L'espace d'un instant, il prend le contrôle. Je manque de me métamorphoser spontanément, comme cela m'arrivait enfant, quand j'étais beaucoup trop jeune et que je perdais le contrôle. Je repousse mon ours avec une volonté féroce.

Merde.

Cette perte de contrôle temporaire doit être due à la proximité des bois et de la première femme qui me séduit depuis longtemps. Je vais devoir me montrer prudent, ce week-end. Mon ours ne peut pas se rebeller dès que je croise une beauté.

La jeune femme arrive au bas des marches, et deux armoires à glace en costumes noirs et oreillettes transparentes se placent de chaque côté d'elle. Elle lève dédaigneusement le menton et se dirige vers l'endroit que les hommes lui indiquent. Deux autres types leur emboîtent le pas.

Elle a l'air d'une mondaine pourrie gâtée, mais quelque chose dans l'attitude des gardes du corps perturbe mon ours.

*Non.*

Il n'aime pas que ces types la collent. Il ne s'est jamais autant fait entendre. Il lutte une fois de plus pour prendre le contrôle, et ce n'est que grâce à toutes ces années que j'ai passées à le repousser que je parviens à me maîtriser.

Bon sang, mais qu'est-ce qui m'arrive ?

Je me rends vers la porte à grands pas, sans quitter la femme des yeux. Cela calme mon ours. Elle se tient à côté de Thompson, à présent, muette et boudeuse. Ils se sont peut-être disputés. Son sugar daddy ne lui a pas acheté la Mercedes qu'elle voulait.

Lorsque tout le monde se dirige vers la salle à manger pour le dîner, les gardes du corps l'encerclent à nouveau. L'un d'eux lui tire une chaise, comme s'il servait également de majordome, et elle s'assoit en bout de table, face au propriétaire des lieux.

Quelque chose me pousse à me glisser sur la chaise située à côté d'elle, et elle me jette de nouveau un regard froid. Son odeur n'est pas normale, médicale. Est-elle malade ? De près, je remarque les cernes sous ses yeux. Ils ne suffisent pas à amoindrir sa beauté, mais ils trahissent peut-être un manque de sommeil. Ou des maux de tête. Cela expliquerait sa mauvaise humeur.

À l'autre bout de la table, Thompson se lève et s'éclaircit la gorge.

— Merci à tous d'être venus.

Il fait le tour de la table, comme un professeur prêt à nous donner un cours.

— Ce week-end sera mémorable.

Tout le monde murmure son approbation.

Il s'arrête derrière la chaise de la jeune femme.

— Et je suis ravi de vous présenter ma fille, Paloma.

Il place une main sur son épaule. Sa *fille*. Mes recherches ne m'ont pas révélé de progéniture. Thom a dû faire des pieds et des mains pour garder le secret.

J'examine le visage de Paloma, à la recherche d'une

ressemblance avec Thom, mais c'est peine perdue. Sa mère devait être une beauté rare, avec des gènes dominants.

— Elle travaille dur comme tradeuse pour Thompson Capital, mais je l'ai convaincue de quitter son bureau un moment, poursuit Thom. Elle a accompli de grandes choses dans l'entreprise, et je suis très fier d'elle.

Quelques applaudissements polis retentissent.

Ses compliments ne semblent pas toucher Paloma. Elle paraît même éteinte.

Thompson prend la main de sa fille et l'embrasse. Elle ne se défait pas de son expression. Elle garde le regard fixé droit devant elle, comme dans une révolte silencieuse.

Si Thompson remarque son attitude, il ne semble pas s'en formaliser.

— Avant la fin du week-end, je ferai une autre annonce concernant une fusion d'ordre plus personnel.

D'autres applaudissements, plus forts cette fois, plus enthousiastes. Quelques-uns des hommes d'affaires se penchent pour murmurer quelque chose aux types plus jeunes.

— ... enchères... demain soir... entends-je.

Mon ouïe de métamorphe est assez puissante pour repérer ces mots, mais ils n'ont aucun sens.

Qu'a voulu dire Thompson par « fusion d'ordre plus personnel » ? Quelque chose se trame.

Notre hôte porte un toast à sa fille. Nous levons tous nos verres. Paloma ne prend pas la peine de nous imiter, et un garde du corps se penche sur elle pour lui prendre le bras.

C'est là que je remarque les bleus sur sa peau, entre son épaule et son coude. On dirait que quelqu'un l'a agrippée sans ménagement. Elle lève son verre, et la manche de sa robe tombe, révélant d'autres ecchymoses.

Mon ours rugit. Cette fois encore, je manque de me

transformer spontanément. Il devient fou et veut exploser hors de ma peau. Bon sang, après toutes ces années à New York, je croyais avoir appris à ravaler mon côté sauvage. Je regarde mon assiette en clignant des paupières dans l'espoir de cacher la lueur de mes yeux. Mes crocs s'aiguisent, et je serre les dents, forçant mon ours à battre en retraite. *Reste à ta place,* lui dis-je.

Je tente de me concentrer sur le repas, mais j'ai beaucoup de mal à ne pas observer Paloma. Au troisième plat, j'ose un nouveau regard vers elle. Elle est assise, la même expression dure sur son beau visage. Si je n'avais pas vu ses bleus, je l'aurais prise pour une snob.

Désormais, je pense qu'elle est victime de maltraitance.

Le garde du corps en chef se penche de nouveau sur elle.

— Mangez, lui ordonne-t-il.

Elle secoue subtilement la tête, mais il se met à couper son steak comme si c'était une gamine. Il plante la fourchette dans un morceau de viande et le porte à ses lèvres.

Un muscle se contracte dans la mâchoire de Paloma.

— Non, marmonne-t-elle. Je n'ai pas faim.

— *Arrêtez,* grondé-je de mon ton d'ours.

Mon coup d'éclat attire l'attention des convives.

Paloma tourne brusquement le regard vers moi. Thom et les personnes avec qui il parlait se taisent. Je suis déjà à moitié debout avant de réaliser ce que je fais. Je me tourne vers le garde du corps.

— La dame a dit non.

Paloma plante ses yeux dans les miens, et un courant électrique circule entre nous.

— C'est vrai que j'ai dit non, confirme-t-elle.

Elle semble surprise que je l'aie entendue et prise au

sérieux. C'est malsain. Thom doit être un salopard autoritaire.

— Il se fait tard. Tu dois être fatiguée, dit-il à sa fille.

Sans attendre de réponse, il ajoute à l'intention des gardes du corps :

— Ramenez-la dans sa chambre.

Le connard qui tentait de la nourrir tire sa chaise en arrière et saisit son bras inerte pour l'emmener. Tout en s'éloignant, elle me jette un regard par-dessus son épaule.

Veut-elle que je m'interpose ? Mon ours se déchaîne. Apparemment, il est disposé à tuer pour elle. Ce n'est pas une réaction normale pour un animal que je garde sous clé depuis mon adolescence.

Je l'oblige à rester à sa place, bandant les muscles pour éviter de me lancer à la poursuite de Paloma.

Des alarmes résonnent dans ma tête. Personne ne semble avoir trouvé la scène étrange, mais moi, je suis troublé par cette interaction entre la fille malheureuse de Thom et ses gardes du corps autoritaires.

Il y a quelque chose de pas net ici, et je suis bien décidé à tirer ça au clair.

# Chapitre Deux

**P**aloma

Je m'attends à passer toute la journée enfermée à double tour dans ma chambre, vu tous les invités présents dans la villa, mais le verrou cliquète à six heures du matin, comme d'habitude. Cela veut sûrement dire que j'ai le droit de suivre ma routine habituelle.

Thom doit se dire qu'il m'a assez fait peur pour que je me tienne à carreau.

Si c'est le cas, il a raison.

Après mon évasion ratée d'avant-hier Thom m'a dit sans détour que si je ne lui obéissais pas au doigt et à l'œil, Wren serait victime d'un tragique accident. *Un tragique accident comme celui de nos parents.*

Jusque-là, je n'étais pas certaine qu'il était responsable de leur mort. Qu'il ne s'agissait pas d'un banal accident de voiture. Maintenant, j'en ai le cœur net : il a tout orchestré pour mettre la main sur moi.

Il est aussi monstrueux que je le suspectais.

Mes premières années en tant que pupille de Thom n'étaient pas si terribles. Wren et moi étions en deuil, mais il nous fournissait tous les luxes possibles, y compris une psychologue pour nous aider à surmonter notre chagrin.

Une psychologue qui, je le réalise aujourd'hui, nous a lavé le cerveau pour que nous devenions les gentils petits robots de Thom.

Quand il m'a fait arrêter l'école pour travailler de longues heures, je me suis rebellée. À la même époque, il a envoyé Wren dans un pensionnat catholique interdisant les téléphones portables et l'usage d'internet sans surveillance. Il a transformé mes contacts avec elle en punitions ou récompenses. Si je n'étais pas sage, Thom me privait de notre appel vidéo hebdomadaire. Si je voulais qu'elle rentre pour Noël, j'avais intérêt à dépasser mes objectifs au travail.

Ce qu'il ignore, c'est que Wren a des talents de télépathe. Parfois, quand je m'endors le soir, elle m'apparaît en rêve pour veiller sur moi. Pour me raconter une blague. Pour faire le clown, comme toute sœur de dix-sept ans. Sans ces moments avec elle, je deviendrais folle.

Je dois m'assurer que Thom ne découvre jamais son don, cependant, car il risquerait de trouver le moyen de le mettre à contribution, comme le mien.

J'enfile un pantalon d'équitation beige et un haut rouge moulant, enfile mes bottes et ma bombe, et je me rends à l'écurie pour voir Starlight. La monter est le seul plaisir qui me reste, ici. Starlight et les appels vidéo du dimanche avec Wren.

Ma jument hennit doucement lorsque j'ouvre la porte.

— Coucou, ma jolie. Tu m'as manqué, hier.

Je jette un regard par-dessus mon épaule aux deux gardes du corps qui me suivent à la trace.

— Ils m'ont interdit de sortir te voir.

Je caresse son front et me penche en avant.

— *Pendejos,* murmuré-je dans son oreille duveteuse.

Je jure toujours en espagnol, malgré le mépris de Thom, car cela me rappelle mon père, mon *vrai* père, qui parlait anglais à la maison, sauf quand il était question d'injures. Le but était sûrement de protéger nos oreilles innocentes, mais le résultat, c'est qu'il nous a appris à jurer dans sa langue maternelle.

Cas, le palefrenier néerlandais, apparaît derrière moi avec la selle de Starlight.

— Je vais la préparer pour vous, Mlle Paloma, murmure-t-il en évitant mon regard.

J'aime bien Cas, mais je vais être honnête. Ce n'est pas mon ami. Tous les employés de la villa savent que je suis prisonnière, et personne n'a jamais levé le petit doigt pour m'aider.

Mais bon, Thom fait sans doute peser une menace sur chacun d'entre eux. Un moyen de pression qui lui assure leur coopération.

Faisait-il la même chose à ma mère quand elle travaillait pour lui ? L'obligeait-il à faire des choses contre son gré ? L'a-t-il tuée parce qu'elle ne voulait pas qu'il m'exploite ?

Je serre la lanière de ma bombe tandis que Cas fait sortir Starlight de son box.

— Tout est prêt, Mlle Paloma. Je la mène dehors pour vous.

— Merci, Cas.

Je le suis à l'extérieur, puis monte sur l'escabeau pour me mettre en selle. Je saisis les rennes. Quand Thom est devenu notre tuteur, Wren et moi avons découvert toutes les activités de gosses de riches. Tir à l'arc, bateau, escrime, et bien sûr, cours d'équitation. Un instructeur anglais est même venu nous entraîner. J'ai appris le dressage, et je rêvais même de faire un jour de la compétition avec Starlight. Mais Thom a décrété que cela me détournerait de mes « études ».

Bien sûr, mes études concernaient déjà pleinement les marchés financiers. Le tuteur ne venait même plus faire mine de me faire l'école. Je passais mes journées à étudier des chiffres et à faire des opérations en Bourse.

J'ai toujours su deviner si une entreprise était vouée au succès ou à l'échec. Si un marché avait de l'avenir, ou s'il allait s'écrouler. C'était facile.

C'est d'abord ma mère qui a remarqué mon talent. Elle appelait ça mon don. Elle n'a pas vécu assez longtemps pour découvrir qu'il s'agissait d'une malédiction qui a fait de ma vie un cauchemar.

Au fil des ans, j'ai rapporté des milliards à Thom. Mais ça ne lui suffit pas. Ça ne suffit jamais. J'appartiens à Thom. Il me contrôlera sûrement jusqu'à la fin de mes jours, et à présent, il veut aussi me faire bosser pour ses amis.

Je ne peux rien y faire.

Je guide Starlight au trot le long du chemin familier qui mène à la plage. Une fois face à la mer agitée, déchaînée, je la lance au galop. Les vagues qui se brisent aspergent mes vêtements, salissent ma tenue parfaite. Starlight fonce dans le sable, vive comme l'éclair. Mes cheveux volent au vent comme un drapeau.

Ce n'est pas la liberté, mais c'est ce qui y ressemble le plus. J'en savoure chaque seconde. J'ai parcouru la moitié de la longue plage quand Starlight montre des signes de nervosité. Je nous fais ralentir pour la calmer. Elle caracole avec agitation, sans que je comprenne pourquoi. Nous sommes loin des postes de garde qui marquent les limites des terres de Thom, et elle est habituée aux équipes de sécurité qui patrouillent sur les dunes avec leurs fusils pour m'empêcher de fuir.

Puis je vois le nageur dans l'eau. Il fait trop froid pour se baigner, je ne le sais que trop bien, après ma tentative d'évasion. Seul un idiot se jetterait dans ces eaux pour le plaisir, sans porter de combinaison, et pourtant il est là, baraqué et torse nu, sortant des vagues en secouant la tête pour chasser les cheveux blond foncé qui lui tombent sur le visage. L'eau coule glorieusement sur les muscles de ses épaules et de sa poitrine. Je repense aussitôt aux centaines de romans d'amour historiques qu'Ellie me glisse depuis des années. Il pourrait largement en faire la couverture.

Il ressemble à un Viking, débarqué pour tuer et piller. Et il se dirige droit vers moi.

Je le reconnais immédiatement : c'est l'homme qui était assis à côté de moi au dîner. Celui qui a dit à ce salaud de Chip d'arrêter de me nourrir de force. Il m'a aussitôt intéressée, même si sa présence à ce dîner signifie qu'il est sûrement là pour enchérir sur moi.

Le vent me fouette le visage et j'ai les doigts glacés, mais le reste de mon corps se met à chauffer. Je tente de détourner les yeux de son torse mouillé, mais je n'y parviens pas.

Il est... stupéfiant. La lumière miroite sur ses pectoraux, où des gouttelettes ruissellent jusqu'à sa taille en V.

Le voir attise aussitôt un feu dans mon bas ventre, qui devient un incendie incontrôlable. J'ai dû fréquenter trop de fils à papa ennuyeux, car je n'ai encore jamais éprouvé une telle attirance pour un homme. Mais la différence est sans doute là : il s'agit d'un homme, pas d'un gamin. Un homme sauvage avec des yeux comme l'océan agité.

— Bonjour, dit-il.

Il agite la main et se dirige vers le rivage. Sa voix est un grondement sourd. Elle ne fait qu'amplifier l'excitation dans mon ventre. Je serre les cuisses sur ma monture.

Starlight n'aime pas cet homme. Elle recule nerveusement et secoue la tête. C'est seulement grâce à mes années d'expérience que j'arrive à rester en selle. J'ai les jambes en coton.

— C'est une bonne journée, vous croyez ? répliqué-je tandis que Starlight fait un tour sur elle-même.

Le Viking s'arrête avec de l'eau jusqu'à la taille et m'étudie du regard tout en frottant sa barbe naissante. Ses cheveux semblent plus longs qu'hier soir. Malgré sa mâchoire carrée, ses sourcils fournis et ses traits décidément masculins, ses lèvres sont pulpeuses et parfaitement dessinées. Quel effet ça ferait, d'embrasser un homme avec de la barbe ?

Qu'est-ce qui me prend, de reluquer ses lèvres ? Et pourquoi suis-je en train de me demander ce qui se passera s'il me gagne aux enchères ? Je ne peux pas m'empêcher d'y penser. Bien sûr, mes fiançailles seraient factices. Thom me cède surtout pour mon « don ». Cet homme ne serait pas réellement mon fiancé. Il n'attendrait pas de moi que je me plie au devoir conjugal.

Et s'il le faisait ?

Et s'il me jetait par-dessus son épaule, me portait sur la plage et me prenait là, sur le sable ? Je m'enfuirais comme avant-hier. Il n'enverrait pas mes gardes du corps à mes trousses, il me prendrait en chasse lui-même. Et quand il m'attraperait...

Oh, bon sang. J'ai vraiment lu trop de romances pleines de Vikings, de lords anglais et de Highlanders. Ellie m'a rendue accro.

Je tente de me défaire de l'excitation qui s'est emparée de moi. Je dois être cinglée, si je fantasme à l'idée d'être louée par Thom à un fiancé imaginaire qui me traitera comme une esclave. Ce type n'est pas un Viking sexy venu m'emmener dans des contrées lointaines. Il compte m'acheter et m'utiliser comme Thom le fait, pour remplir ses coffres.

Je presse les talons sur les flancs de Starlight et la laisse nous emmener loin de cet homme. Je sens son regard dans mon dos, et je dois me faire violence pour ne pas me retourner.

* * *

*Darius*

Je regarde Paloma lancer son cheval loin de moi comme si elle avait les chiens de l'enfer aux trousses. L'espace d'un instant, nos regards se sont croisés, et j'ai senti le courant passer entre nous. J'ai encore failli me transformer.

Apparemment, mon ours est amoureux.

Mais elle a disparu aussi vite qu'elle est apparue.

Mon sang pulse, et pas seulement à cause de mon plongeon dans l'eau. Voir Paloma fait battre mon cœur plus vite. Son joli visage, sa petite moue. Je suis au garde à vous, bien que le reste de mon corps soit anesthésié par l'eau glacée.

*Elle. Maintenant,* dit mon ours. Il veut lui courir après. Son cheval a paniqué en sentant ma drôle d'odeur de métamorphe, et si je m'approche, il risque de ruer et de projeter Paloma à terre. Je veux me rapprocher d'elle pour apprendre à la connaître quand elle est détendue et libérée de ses gardes, dans un endroit où elle se sentira assez en sécurité pour me confier comment elle s'est retrouvée avec des ecchymoses plein les bras.

Hier soir, j'ai passé de longues heures à m'asphyxier avec de la fumée de cigare et à entretenir des conversations barbantes avec les autres convives. J'ai appris que Paloma était la fille d'un couple de traders qui travaillaient pour l'entreprise de Thom. Ils sont morts dans un accident de voiture quand Paloma avait quatorze ans, et Thom est devenu son tuteur. Elle est adoptée, comme moi. Mais s'il y a un jour eu de l'amour entre elle et l'homme qui se prétend son père, il s'est envolé, à présent.

J'ai tenté de creuser, de découvrir quelle était cette fusion dont parlait Thom afin de comprendre pourquoi les gens évoquaient une enchère à voix basse, mais personne n'a rien révélé.

Je n'ai pas pu fouiner comme je le voulais. Aujourd'hui, je compte me servir de mon odorat et de mon ouïe hors du commun pour mener l'enquête, et avant tout pour en apprendre davantage sur la beauté tragique et énigmatique entourée de gardes du corps.

Après m'être habillé dans ma chambre, je déambule dans les couloirs comme si j'étais chez moi. C'est ainsi que se comportent les riches. Ils jouent des coudes et se frayent un chemin où ils le veulent, persuadés d'être à leur place partout. C'est comme dans le monde animal : ils assoient leur domination, sauf qu'on ne sait jamais ce qui leur fait office de griffes et de crocs.

Mon nez me dit que les appartements de Thom se trouvent dans l'aile ouest. Je me dirige dans cette direction, passant au hasard la tête dans les pièces, poussant les poignées de porte. Je cherche un bureau.

Une lourde porte m'empêche d'accéder à l'aile ouest. Elle est verrouillée, et un clavier noir se trouve à côté. Thom a veillé à la sécurité des lieux, ce qui me confirme que je suis au bon endroit.

J'ouvre une fenêtre. Je suis au premier étage, et il me suffit d'un instant pour bondir du rebord de fenêtre jusqu'à un petit balcon. Un exploit impossible pour un humain, mais un jeu d'enfant pour un ours-garou qui a passé son enfance à grimper dans les arbres. Il n'y a personne dehors, mais je m'accroupis quand même, et je me sers de mes griffes acérées pour tailler dans le verre. Aucune alarme ne retentit, et je parviens à glisser la main dans le trou que j'ai créé pour ouvrir la porte vitrée.

En un instant, j'ai esquivé la sécurité pour pénétrer dans l'aile qui abrite le bureau privé de Thom. Avec un peu de chance, je découvrirai quelques secrets.

Je me glisse hors de la première pièce et parcours le large couloir. Dorénavant, je vais devoir faire plus attention. Je sens une odeur de gardes, tabac froid et poudre à canon, ainsi qu'une note du parfum de Thom.

Dix portes plus loin, j'atteins le graal. Quelqu'un murmure derrière le battant fermé, d'une voix qui ressemble à celle de Thom.

J'appuie l'épaule contre le mur, à moitié caché dans l'ombre d'une plinthe en marbre soutenant une statue de taureau.

Oui, c'est bel et bien Thom, qui parle de sa voix nasillarde :

— Un verre ?

J'entends un tintement, puis quelqu'un d'autre dit :

— On pourrait s'épargner toute cette affaire. Passer un marché maintenant.

— Qui épouserait-elle ? demande Thom avec un rire dédaigneux. Vous ? Je cherche à étouffer les soupçons, pas à les attiser.

— Pas moi. Mon fils. Chad tiendra le rôle du fiancé respectable. Vous aurez votre argent, et j'aurai accès à Paloma pendant trois ans...

*Accès ?* C'est quoi, cette négociation répugnante ?

— Un an. Le marché, c'est un an. Largement suffisant pour qu'elle accroisse vos parts.

Oh. Ils ne parlent pas de sexe, alors. C'est autre chose.

*Laisse-moi sortir !* Ma poitrine gronde tandis que mon ours se débat pour se libérer face à cette conversation qui l'écœure. Ils parlent de vendre Paloma pour un bref mariage afin qu'elle puisse... quoi ? Les rendre plus riches, d'une manière ou d'une autre ?

— Très bien. Un an, et puis Chad annulera les fiançailles. Vous serez libre de la vendre à nouveau.

Thom murmure quelque chose que je ne comprends pas, car quelqu'un effleure l'autre côté du mur.

J'attends.

— Non, aboie Thom. J'ai promis de ne pas accepter d'enchères avant l'heure. Chad et vous n'avez qu'à participer à la vente ce soir. À minuit.

L'autre homme proteste, mais Thom lui coupe la parole :

— Je suis déjà très généreux.

Des pas s'approchent de la porte, et il ajoute :

— Maintenant, allons-y. Je suis en retard pour le thé.

La poignée bouge, et je bondis en arrière, tournant dans un petit couloir avant que Thom et son complice sortent du bureau. Je sens une odeur de cigare et d'un whisky rare.

Je tends l'oreille, espérant que Thom prendra le chemin opposé. Malheureusement, ses pas se rapprochent. Le couloir derrière moi mène à une courte volée de marches, et je les descends pour me cacher. Les deux hommes passent devant le couloir en parlant de golf. Ils s'éloignent sans me remarquer.

Je suis toujours sur les marches, à écouter leurs pas s'éloigner, quand je hume quelque chose de floral. L'odeur de gardénia de Paloma flotte dans l'escalier, et je ne peux pas m'empêcher de descendre jusqu'au sous-sol. L'odeur est intense et sucrée, mais avec cette même note amère qui m'a alarmé ce matin et hier soir. Plus je descends, et plus l'amertume prend le pas sur le côté sucré, jusqu'à ce qu'un goût métallique enveloppe ma langue.

Les marches mènent à un autre couloir. Il y a un bourdonnement derrière les murs, et l'air est plus frais. Je me trouve sans doute non loin d'une salle avec des serveurs ou quelque chose dans le genre.

L'odeur de Paloma me mène à une porte ouverte. La pièce qui se trouve derrière est pleine d'écrans gigantesques. Il y a un bureau et un fauteuil, autour desquels son odeur est concentrée.

Paloma doit y passer beaucoup de temps, et je crois savoir ce qu'elle y fait. Je parie que si j'allume l'interrupteur mural, les écrans s'éclaireront des chiffres familiers des marchés boursiers du monde entier. Thom a dit qu'elle travaillait pour son fonds d'investissement. C'est ici qu'elle doit procéder à ses opérations.

C'est comme ça qu'elle enrichit Thom. Thom, et la personne à qui il la vendra aux enchères.

Mais pourquoi ? Il doit avoir des centaines de traders à son service. Quel intérêt d'utiliser ou de vendre sa fille adoptive ? Que fait-elle de si exceptionnel ? Quelque chose d'illégal, peut-être ?

Quoi qu'il en soit, ça me rend malade.

Je suis convaincu que Paloma est prisonnière, retenue par un milliardaire qui s'est arrangé pour devenir son tuteur.

Cela explique pourquoi la porte possède un verrou à l'extérieur. Je sens l'odeur des gardes sur le seuil.

A-t-elle tenté de s'enfuir ? De se rebeller ? C'est peut-être ce qui lui a valu ces bleus.

Mon ours est prêt à tout casser dans la pièce. Je dois

prendre sur moi pour ne pas me métamorphoser immédiatement.

Je décide plutôt de sortir et de fermer la porte. Perdre le contrôle ne me mènera à rien. Je dois en apprendre plus afin de déterminer comment je peux aider Paloma.

* * *

*Paloma*

Ellie finit de me boucler les cheveux et fait un pas en arrière pour admirer son œuvre.

— Superbe, comme toujours.

Ellie est ma... comment l'appeler ? Quitte à rester dans le monde des contes de fées, disons que c'est ma femme de chambre ou ma domestique. Un mélange entre une geôlière et une assistante. Elle m'apporte à manger sur un plateau quand Thom ou son homme de main, Chip, m'enferment dans mes appartements. Elle me commande des vêtements, me coupe les cheveux et s'assure de remplacer ma brosse à dents régulièrement. Hier soir, elle m'a maquillée et coiffée, et ce soir, pour le bal masqué, elle se donne à fond. Thom a invité soixante-quinze personnes supplémentaires pour la fête. Encore un prétexte pour crâner, j'imagine.

Je porte un bustier en mousseline de soie blanche. J'imagine que c'est censé me donner des airs à la fois de jeune fille innocente et de tradeuse impitoyable.

Le sommet du bustier façon corset est en forme de cœur pour épouser mes seins et descend à l'avant sur un pantalon ample assorti. La mousseline lui donne un côté raffiné. Un châle translucide couvre mes bras pour cacher mes bleus.

Ellie enduit ma peau d'une lotion qui sent le gingembre et laisse un film chatoyant.

Je regarde mon reflet dans la glace, mais j'ai dû mal à reconnaître la jeune femme qui me fait face. Voilà dix ans que je suis prisonnière de ma tour. La plupart du temps, j'ai toujours l'impression d'être l'adolescente de quinze ans que j'étais à mon arrivée ici. La fille qui préférait rester roulée en boule dans sa chambre plutôt qu'interagir avec le monde extérieur.

*Carajo*, j'ai tellement facilité la tâche à Thom.

— Tout ira bien, murmure Ellie, même si c'est sûrement complètement faux.

Je tente de déglutir, et je hoche la tête.

— Oui oui.

Quoi qui m'attende demain, je ne peux pas imaginer que ce soit mieux que ce que j'ai ici. Je ne me contente pas d'échanger un geôlier contre un autre. Je vais servir de *reproductrice*, comme une bête d'élevage.

Au moins, Thom n'a jamais abusé de moi sexuellement. Tant que je travaille pour lui, il garde Wren en sécurité et à l'écart. C'est notre marché.

Je jette un coup d'œil à la photo de ma sœur, collée au coin du miroir. J'ai des photos d'elle partout, afin de me rappeler pourquoi je dois persévérer. Elle ne court aucun danger, pour l'instant. Elle se trouve dans son internat catholique dans le Connecticut. La version moderne du couvent médiéval. Et je peux lui parler le dimanche, sauf quand je ne rapporte pas assez d'argent à Thom, auquel cas ma sœur est infirmée que j'ai trop de travail pour l'appel vidéo, et je suis enfermée dans ma chambre pour le week-end.

Vendredi, la Bourse était en berne, mais j'ai réussi à

remplir mes objectifs. Je devrais être autorisée à lui parler demain, sauf si mon nouveau fiancé m'emmène avant.

Jusqu'à ce matin, je me représentais une réplique sans visage de Thom.

Désormais, je me surprends à imaginer le Viking de la plage.

Un homme capable de me briser la nuque à mains nues. Et si Thom me vend à ce type ? Et si ce dernier souhaite... *autre chose* que mes talents de tradeuse ?

Une chaleur me monte dans les cuisses. Et s'il est brutal ?

Mes jambes se mettent à trembler. De peur, pas d'excitation. Surtout pas d'excitation.

— Un peu plus de gloss, dit Ellie.

Elle choisit un tube et passe une couche de gloss repulpant sur mes lèvres, qui étaient pourtant déjà très luisantes. Elle admire son travail une dernière fois.

— Parfaite.

Je ne demande pas d'aide à Ellie. J'ai essayé, il y a des années, et ça l'a terrifiée. Le visage baigné de larmes, elle m'a demandé de ne plus jamais aborder le sujet.

— Je ne peux pas t'aider, avait-elle chuchoté.

J'en ai conclu que Thom avait un moyen de pression sur elle aussi. Quelque chose pour la mettre au pas, comme il le fait avec moi. Alors pour l'épargner, elle qui est ma seule amie depuis le départ de Wren, je ne bronche plus.

Je jette un coup d'œil à l'horloge.

— Il me reste un quart d'heure. Je vais lire un peu.

Je m'allonge sur mon lit à baldaquin sans me soucier de froisser ma tenue de femme d'affaires vierge.

Ellie ouvre la bouche pour protester, mais j'ai déjà ramassé *Le Maître du Jeu*, la romance de Joanna Bourne que je lis pour la septième fois. Elle referme la bouche.

— Bien sûr. À tout à l'heure.

Elle se glisse hors de la pièce.

En général, le week-end, je passe le plus de temps possible dehors, puisque je passe mes semaines dans un bureau aux allures de donjon seulement éclairé par la lumière bleue des écrans. Mais aujourd'hui, je n'avais aucune envie de me frotter à mes prétendants. Prétendants, ce n'est sans doute pas le bon terme, même si je vis un conte de fées cauchemardesque. Mes aspirants geôliers ? Séquestrateurs ?

Bref, après ma chevauchée matinale, j'ai passé le reste de ma journée volontairement enfermée dans ma chambre, à lire. Me plonger dans un monde imaginaire, c'est ce que je peux espérer de mieux.

Ça, et...

Je ne souhaite pas que le Viking remporte l'enchère. Je ne veux certainement pas d'un homme comme ça.

Bon, d'accord, peut-être que si. D'entre tous, c'est celui qui ressemble le moins à mon père adoptif, à première vue, en tout cas. Ce matin, il est allé jeter son grand corps musclé dans l'océan glacial, *pour le plaisir*. Et hier soir, il m'a défendue.

Sauf qu'il reste quelqu'un de monstrueux qui cautionne la traite d'êtres humains et les travaux forcés. Bien entendu, il ne réalise peut-être pas l'emprise que Thom a sur moi. Si ça se trouve, il croit que je suis consentante. Que je tire moi aussi profit de ce marché.

On frappe doucement à la porte, et je me raidis avant qu'elle s'ouvre et révèle mon visiteur.

Je suis déjà en train de me lever du lit quand Thom fait son entrée.

— Ah. Ma chérie. Tu es sublime.

Il écarte les bras dans ma direction.

— J'suis pas ta chérie, dis-je les dents serrées.

Il laisse tomber son masque paternel.

— Tu te souviens de notre petite discussion, dit-il d'un ton d'avertissement. Ta comédie de fille amorphe ne m'a pas plu du tout, hier soir.

Il me prend par le menton, et je me dégage.

— J'ai fait tout ce que tu m'avais demandé, sifflé-je.

Il hoche la tête.

— C'est vrai. Et tu as intérêt à continuer sur ta lancée, sinon Wren en paiera le prix.

Des larmes brûlantes me montent aux yeux.

— Ne la mêle pas à ça. C'est la seule chose que je te demande.

Il sourit, comme s'il était content d'avoir gagné mes larmes.

— Et moi, j'ai tenu ma part du contrat. C'est toi qui as tenté de t'enfuir.

J'ai le nez qui brûle. Je serre les poings tellement fort que mes ongles s'enfoncent dans mes paumes.

— Ça ne se reproduira plus, dis-je d'un ton raide.

— Tant mieux.

Il me fait signe d'approcher.

— Maintenant, mets ton masque. Je veux que tu fasses meilleure impression qu'hier. Je ne me contente pas de louer tes services à ton futur fiancé.

Des alarmes retentissent dans ma tête. La pièce se met à tourner. Mes membres se glacent. Je sais que ce qu'il s'apprête à dire sera terrible.

— De quoi tu parles ? demandé-je d'une voix chevrotante malgré mes efforts.

— Le plus offrant s'emparera également de ta virginité, ma chérie. On t'a tenue à l'écart des hommes pendant beaucoup trop longtemps, dit-il en nouant son masque. Il est grand temps de te reproduire pour voir si mes petits-enfants seront aussi talentueux que toi.

Je me tiens au mur pour ne pas tomber. La sensation glacée se transforme en un métal en fusion qui me traverse du sommet du crâne à la poitrine et m'emplit les oreilles.

En voyant ma réaction, Thom a un rictus satisfait. Il se place derrière moi pour me mettre mon masque.

Je devrais prendre mes jambes à mon cou. Je devrais sauter par la fenêtre, quitte à me briser la nuque, plutôt que de lui faire le plaisir de me reproduire.

Mais il y a Wren. Je ne peux pas agir avant d'avoir un plan pour la mettre en sécurité. Je ne peux pas prendre le risque qu'il la retire de l'école pour lui faire subir les mêmes choses qu'à moi.

La soie du masque passe devant mes yeux, et il le noue derrière ma tête. La présence de ce démon si près de moi me hérisse la nuque.

# Chapitre Trois

*D*arius

Le bal masqué de Thom n'est pas réservé aux convives qui logent chez lui. Il a invité une longue liste d'amis et de connaissances à se joindre à la fête. Dès le crépuscule, une file interminable de Lamborghini, de Bugatti et de Rolls-Royce arrive à la villa. Je ramasse le masque noir et fragile que m'a apporté un membre du personnel il y a quelques minutes. Il ira bien avec mon smoking complètement noir. Je ressemble à James Bond, mais je n'arrive pas à me défaire de mon appréhension.

Ce soir, j'ai l'intention de découvrir ce qui se passe avec Paloma. Quelque chose cloche, ici. Je n'ai pas de preuves, mais je le sens.

Mon ours a envie de tout saccager. Après des années de maîtrise totale, je suis désarçonné par sa rébellion. Lorsque je jette un regard dans la glace, mes yeux sont dorés. Je dois lutter pour reprendre le dessus sur mon ours et rendre leur couleur humaine à mes yeux. C'est seulement quand je le menace de rester dans ma chambre qu'il se calme. Il a envie de voir Paloma. Si c'était lui qui prenait les décisions, je ne la quitterais jamais des yeux.

Sauf que je ne suis pas un homme des cavernes à moitié sauvage. Quand j'étais jeune, j'étais un enfant des bois, à peine civilisé. J'ai passé des années à apprendre à me maîtriser, et je n'ai pas l'intention de perdre les pédales.

Je me suis rasé tout à l'heure, mais quand je sors de ma chambre, j'ai déjà de la barbe. C'est la façon dont mon ours se révolte. Je le tolérerai, du moment qu'il reste à sa place.

Je me rends dans la salle de bal d'un pas léger et accepte une flûte de champagne. Thom a dû engager une agence de mannequins au complet, car où que je me tourne, je vois des femmes grandes et séduisantes. Elles dépassent d'une tête les fils à papa, qui les regardent comme si c'était Noël en avance. Le reste des invités est composé de gens pleins aux as qui vivent dans les Hamptons. Je traverse souplement la foule, adressant des signes de tête aux personnes que je connais à cause du travail. Je continue d'avancer jusqu'à repérer l'odeur de gardénia.

Paloma pénètre dans la salle, cernée d'une nuée de gardes du corps. Ils n'arrêtent pas de se démultiplier. Bientôt, elle sera mieux protégée qu'une présidente.

Je me rapproche pour la voir de plus près. Elle est de nouveau toute de blanc vêtue, sa poitrine généreuse projetée en avant et encadrée par un bustier. Cette couleur la fait rayonner comme une déesse. Malgré le masque qui cache ses grands yeux expressifs, il ne fait aucun doute que c'est la plus belle femme de la pièce.

Une file de types du genre que l'on croise au country club se forme à côté d'elle. Le groupe se met à jouer, et je n'ai pas besoin de mon ouïe de métamorphe pour comprendre qu'elle est invitée à danser. Un homme deux fois plus vieux qu'elle la guide jusqu'à la piste. Elle danse avec lui, et au milieu de la chanson, le suivant prend sa place. Puis le suivant. Elle ne semble pas surprise de voir de nouveaux cavaliers arriver. Elle ne fait pas non plus semblant de s'amuser. Elle ne bavarde pas vraiment avec eux. On dirait que tout a été orchestré à l'avance : avec qui elle danse et quand. Comme si Paloma faisait son entrée dans la haute société et qu'elle était enfin prête à se faire passer la bague au doigt.

C'était ça, la fusion dont parlait Thompson ?

Je passe devant un homme aux cheveux blancs en train de disputer son fils :

— Concentre-toi un peu. Il faut qu'on remporte les enchères.

Le fils proteste, et reçoit un coup de canne de son père.

— Ce soir, minuit. Après ça, tu peux faire ce qui te chante.

Le père pousse son fils vers l'avant, et ce dernier traverse la pièce jusqu'à Paloma, avec réticence.

— Il faut tester la marchandise, marmonne un homme dans la file.

Mon ours parvient presque à se libérer. J'ai envie de jeter ma flûte de champagne par terre, de déchirer mon smoking et de massacrer tous ceux qui osent la toucher.

Au lieu de cela, je vais chercher un énorme verre de merlot et me rends d'un pas tranquille au centre de la pièce, où un type d'une trentaine d'années avec une montre à soixante-dix mille dollars et une calvitie naissante tente de danser avec Paloma avant les autres hommes de la file. Sans même faire mine de trébucher, je renverse mon verre sur lui. Le liquide sombre éclabousse sa chemise en coton italien.

— Oups, dis-je.

L'homme pousse un juron. Paloma recule. Son bustier blanc a été épargné.

Son cavalier commence à bredouiller, et je plante mon regard dans le sien jusqu'à ce qu'il voie la férocité de mon ours et baisse la tête.

— Vous feriez mieux d'aller vous changer, dis-je en haussant un sourcil. Je prends la suite.

Je lui passe devant et prends Paloma par la main, avant de l'attirer contre moi.

Son odeur florale m'assaille de toutes parts, et l'espace d'un instant, je reste étourdi. La note amère s'est atténuée, et je ne sens plus que sa peau délicieuse ainsi qu'un léger parfum de gingembre. J'ai envie de lui lécher le cou pour la goûter comme il faut.

— M'accordez-vous cette danse ?

De mon sourire le plus éblouissant, je nous guide dans les pas de valse que ma mère, Winnie, nous a appris quand nous n'étions encore que des adolescents dégingandés.

— Un peu tard pour demander la permission, rétorque-t-elle.

Je ne sais pas si elle flirte ou si elle est agacée.

Je ne suis pas un ours mal léché et grognon comme mon frère, Teddy. J'ai appris à flatter et à charmer les humains pour réussir dans ce milieu impitoyable. Pourtant, pour la première fois, je doute de moi. Pour la première fois, savoir si mon charme fait effet compte à mes yeux.

Paloma imite mes pas, se colle à moi et réagit au moindre de mes gestes. Nous tournoyons ensemble comme si nous étions nés en valsant.

— Ne me dites pas que vous préfériez votre cavalier précédent.

— Chad sans menton ? Non.

J'aboie un rire, mais elle hausse une épaule et ajoute :

— Je préfère qu'on me laisse tranquille.

Malgré ses mots, son regard parcourt mon visage avec, je l'espère, de la curiosité.

— Oui. On dirait que vous avez une longue file de prétendants.

Je jette un regard au père du danseur éconduit, qui parle avec colère à la ribambelle de gardes du corps.

Elle grommelle quelque chose en espagnol.

— Pardon ?

Elle lève le menton.

— Sous ce tas de muscles, vous devez être un bien petit homme.

Ouah. Elle ne retient pas ses coups. J'ignore ce qui me vaut cette remarque, mais mon ours est ravi qu'elle ait du répondant. Hier soir, j'ai cru qu'elle était intimidée par son père adoptif et ses hommes.

— Je ne sais pas, la plupart des femmes semblent me trouver largement adéquat dans ce, euh, ce domaine, dis-je en haussant les sourcils par-dessus mon masque.

Les gardes du corps encerclent la piste de danse. Deux d'entre eux jouent des coudes parmi les danseurs pour nous rejoindre.

Bon sang, mais qu'est-ce qui se passe ici ? Thom ne réalise donc pas que ses sbires se donnent en spectacle devant ses convives des Hamptons ? Est-ce qu'il s'en fiche ?

Une rougeur apparaît sur les joues et la gorge de Paloma face à mon sous-entendu. Elle tente de se dégager, mais je continue de la serrer contre moi, content de sentir ses courbes moelleuses. Je nous fais tourner loin des gardes qui approchent.

Ses narines se dilatent.

— Vous me dégoûtez. Un homme qui enchérit sur la virginité d'une femme doit avoir de *grosses* insuffisances.

Ses mots me font l'effet d'un parpaing reçu en pleine poitrine. J'arrête de danser et la lâche brusquement.

Enchérir sur sa *virginité* ?

C'est *ça*, l'objet de ce week-end ? Pas question. Je ne les laisserai pas faire.

Ma surprise me fait momentanément oublier les gardes qui approchent. Avant que je puisse répondre, ils ont déjà fondu sur nous.

— C'est l'heure d'y aller, Paloma, déclare le connard qui la forçait à manger hier soir en la prenant par le coude.

— Elle ne va nulle part, grondé-je avant de me rappeler de ravaler mon agressivité.

Paloma s'éloigne de moi, cependant.

— On se calme, me lance-t-elle. Je ne vous appartiens pas encore.

Thom place lourdement une main sur mon épaule.

— On dirait que ma fille n'a plus envie de danser, Darius.

Je serre les dents tandis que les gardes l'emmènent, pas seulement hors de ma portée mais hors de la pièce. Le parpaing qui m'a heurté la poitrine me pèse désormais sur l'estomac. J'ai envie de réduire Thom en chair à pâté. Mon ours veut tout détruire, mais je me maîtrise.

Ça fait quinze ans que j'apprends à freiner mes ardeurs.

Chaque action doit être réfléchie, quand on vit au milieu des vautours. Surtout quand on n'appartient pas à la même espèce.

Je ne gagnerai pas un combat à mains nues contre la quarantaine de vigiles que j'ai repérés sur la propriété. Je dois prendre mon mal en patience, découvrir où ils ont emmené Paloma, et la sauver de l'horreur que semble être sa vie.

Je m'efforce de me retourner et j'adresse un sourire neutre à Thom.

— Merveilleuse soirée. Dommage que votre équipe de sécurité fasse un tel cirque.

— J'admets être surprotecteur avec mes protégés. C'est mon plus gros défaut, me dit-il à voix basse, comme s'il se confiait.

Il faut que je m'éloigne de lui avant de lui coller un coup de poing. L'odeur de Paloma s'estompe, et mon ours insiste pour que je la suive avant de perdre sa trace. Puis Thom dit quelque chose qui attire l'attention de mon ours et moi :

— Paloma est... malade.

— Navré de l'apprendre.

Voilà qui expliquerait la note amère de son odeur. Un médicament, peut-être ?

— Y a-t-il quelque chose à faire ?

— C'est déjà pris en charge, mon garçon. Rien que les médecins ne puissent soigner.

Il me tapote de nouveau l'épaule et regarde au loin.

— Ah, je vois que je suis demandé ailleurs.

À l'autre bout de la pièce, un groupe de vieux schnocks milliardaires sont en train de sortir de la salle de bal avec leurs fils. Thomas part les rejoindre.

Je lui emboîte le pas.

— Il y a une réunion ?

— Quelques affaires privées, c'est tout. Ne vous en faites pas pour ça.

Il agite la main, et deux armoires à glace me barrent la route.

— Profitez bien de la fête, ajoute Thom avant de quitter la pièce avec ses amis.

Je fais un pas en avant, puis m'arrête quand les vigiles ne bougent pas.

— Une petite sauterie privée ? demandé-je en indiquant le couloir.

Le dernier gosse de riche suit son père derrière des doubles portes.

— C'est seulement sur invitation. Vous n'êtes pas convié.

Je pourrais leur fracasser le crâne et courir après Thom, mais c'est inutile. Je sais déjà ce qui se trame derrière ces portes closes. La vente aux enchères. Thom s'apprête à vendre sa fille adoptive comme une princesse médiévale.

J'espère que cette vente va s'éterniser. Ça me laissera le temps de trouver Paloma.

Je hausse les épaules comme si les vigiles avaient gagné, et je traverse la salle de bal en direction de la sortie qu'ont prise les gardes du corps qui ont emmené Paloma. Je repère d'autres voyous en costume devant cette entrée-là aussi. Deux d'entre eux me jettent un regard noir, et je résiste à l'envie de me mettre au garde-à-vous avec insolence.

Je prends une autre flûte de champagne et la sirote. Quelques mannequins se tiennent dans un coin avec l'air de s'ennuyer, et je me joins à elles avec entrain.

— Vous êtes déjà venues ici ?

Deux d'entre elles secouent la tête.

— Vous voulez que je vous fasse visiter ?

Dix minutes plus tard, je parcours le jardin avec un groupe de fêtards hilares. Des invités lambda nous ont suivis, les mannequins et moi. Tout le monde est particulièrement bruyant, sans doute parce que je les ai encouragés à boire des shooters avant notre « visite guidée ».

— Par ici, dis-je en me dirigeant vers une porte proche de l'aile ouest et en bloquant la vue des convives avec mon corps pendant que je force le verrou. C'est ici que se trouvent les plus beaux tableaux.

Je les mène à l'intérieur.

— C'est un Picasso ?

Quelques personnes s'attroupent autour d'un portrait de femme cubiste.

— Tout à fait, réponds-je. Il doit valoir près de cent millions de dollars.

Comme il n'y a aucune trace de Paloma, je reste près de la porte.

Je repère son odeur.

*Vas-y,* me presse mon ours. J'étouffe mon instinct, qui m'encourage à me précipiter le long du couloir en rugissant.

— Vous avez pris un truc ? me demande l'une des mannequins en me dévisageant, sourcils froncés. Vos yeux sont... bizarres.

— Jaunisse, dis-je.

Elle me regarde de travers. Elle est trop maligne pour gober ça. Je lui fais un clin d'œil, comme si c'était une blague.

— J'ai des gouttes pour les yeux dans ma chambre. Je reviens tout de suite. Je crois qu'il y a un Monet un peu plus loin, lancé-je par-dessus mon épaule en m'éloignant, provoquant des exclamations ravies.

Je suis l'odeur de Paloma le long du couloir. Je suis talonné par une dizaine de convives, qui me prennent toujours pour leur guide.

— Hé ! Qu'est-ce que vous faites là ? s'écrie un garde derrière le groupe. Vous n'avez rien à faire ici.

Il ne peut pas me voir, car j'ai tourné à l'angle, mais d'après ce que j'entends, lui et d'autres vigiles tentent de ramener les convives dans la salle de bal. Ivres, ces derniers se montrent insolents, me permettant de poursuivre mes recherches.

Je suis l'odeur, récente, de Paloma. Je me trouve dans les profondeurs de l'aile ouest, à présent. Je n'ai encore croisé aucun garde du corps, mais je les entends chuchoter entre eux un peu plus loin.

Je presse le pas, et passe devant une porte à l'odeur étrange. Je m'arrête et appuie sur la poignée. À l'intérieur se trouve une petite pièce obscure qui ressemble à un cabinet médical. Il y a une table d'examen et rien d'autre, à part une armoire blanche et un frigo avec une porte vitrée.

C'est de là que provient l'odeur médicinale. Thom m'a dit que Paloma était malade, tout en sous-entendant qu'elle bénéficiait des meilleurs soins. Sa maladie doit être grave, si toute une pièce est consacrée aux visites de son médecin.

Je prends le temps de fouiller dans les tiroirs de l'armoire. J'y trouve des gants et des seringues, sans doute pour que le médecin ou l'infirmier lui injecte son traitement.

Le frigo ressemble à ceux où les pharmaciens stockent les vaccins. Il contient plusieurs étagères chargées de fioles remplies d'un liquide bleu.

*Du poison*, avertit mon ours, mais c'est logique. Un médicament pour humain ressemble à du poison, pour un animal. Je m'efforce d'ouvrir la porte vitrée pour le renifler, voir si je détecte quelque chose de plus précis. L'odeur est tranchante, comme si de petites lames de rasoir me coupaient les sinus. De près, même un humain serait capable de le sentir. Je sais que les humains recourent à des traitements agressifs pour sauver des vies, comme la chimiothérapie pour lutter contre les cellules cancéreuses, mais cette odeur n'est pas normale.

Je sens qu'il est urgent de trouver Paloma. Le temps presse.

Pour l'instant, la vente aux enchères organisée par Thom m'offre la diversion idéale. Je dois la trouver avant que cette occasion me passe sous le nez.

Je ferme la porte et me remets en marche. L'odeur de Paloma continue de flotter dans l'air, telle une sirène qui nous appelle, mon ours et moi. Je prends sur moi et avance lentement, tout en restant attentif aux gardes.

La douce odeur florale s'intensifie, et je comprends que je suis proche du but. Puis j'entends sa voix.

— Non, dit-elle à quelqu'un. Je veux rester dans ma chambre.

J'ai atteint le dernier tournant. Le couloir se termine à moins de dix mètres de là. Paloma et un groupe d'hommes se disputent face à une porte ronde gigantesque.

Ces types-là ne sont pas en costumes comme les gardes du corps, mais en uniformes militaires noirs. Thom dispose d'une véritable milice pour garder sa précieuse Paloma. Et plusieurs de ses membres sont lourdement armés.

— Je vais vous aider, dit le plus grand des gardes, qui s'apprête à la prendre par le bras.

Mes yeux lancent des éclairs, et je dois me faire violence pour empêcher mon ours d'exploser.

— Je me débrouille, rétorque Paloma d'un ton sec, et le type renonce.

Ce geste lui sauve la vie. Je l'aurais tué, s'il l'avait touchée.

— Je suis capable de marcher. Laissez-moi tranquille.

— Avancez, alors.

Le garde du corps en chef, celui qui essayait de la nourrir de force hier soir, fait un pas de côté, et Paloma disparaît. La porte géante se referme derrière elle. Elle est ronde, comme l'entrée d'une chambre forte. Lorsque le verrou se ferme, un bruit sec et discordant retentit.

Visiblement, Paloma est bouclée pour la nuit.

Le garde du corps ordonne à ses hommes de prendre leur poste. Certains partent en patrouille, mais la plupart d'entre eux restent dos à la porte.

Si je me ruais sur eux par surprise, j'arriverais à maîtriser la majorité d'entre eux, mais ensuite, je perdrais du temps à tenter de forcer cette chambre forte. En plus, toute la propriété serait en état d'alerte, et il y a au moins trente-cinq gardes sur les lieux.

Je dois trouver une autre entrée.

Je rebrousse chemin d'un pas tranquille et regagne le jardin. La chambre de Paloma se trouve à l'extrémité de l'aile ouest, dans une véritable tour de pierre. Enfermée comme une princesse.

Des gardes patrouillent autour, mais ils sont tournés vers l'extérieur, comme s'ils s'attendaient à une attaque par la route.

Mes pieds trouveront des prises sur ces pierres, et je pourrai m'agripper au lierre si besoin. Les ours-garous sont d'excellents grimpeurs.

J'attends que des nuages masquent la lune et je commence mon ascension.

* * *

*Paloma*

Le clair de lune filtre dans ma chambre. La fenêtre craque et le lierre danse au gré du vent. Je me lève et admire le ciel nocturne. Je paierais cher pour pouvoir ouvrir la fenêtre et sentir la brise marine. Je frappe la vitre incassable avec frustration, puis je me laisse tomber sur mon lit, tournée vers le ciel.

J'ai enfilé un pyjama rose pour me détendre. Mon livre se trouve sur la table de chevet, mais je suis trop anxieuse pour le finir.

Je suis seule, au moins. D'habitude, je déteste être enfermée dans ma chambre, mais là, ce répit est le bienvenu. Il s'agit de ma dernière nuit de liberté.

Je me frotte le bras droit. Mon biceps est endolori après l'injection de ce soir. Le médicament me rend vaseuse.

Il y a quelques années, après un banal check-up et un vaccin contre la grippe, j'ai fait un malaise qui m'a obligée à m'allonger. Thom a engagé des médecins venus des quatre coins du monde. Ils ne savent toujours pas ce qui cloche chez moi, mais d'après eux, j'ai une sorte de maladie auto-immune. Comme Thom limite mon accès à internet, je ne peux pas faire mes propres recherches, mais le cocktail de médicaments que l'on m'injecte plusieurs fois par semaine aide à tenir mes symptômes à l'écart.

Lors de ma tentative d'évasion la plus aboutie, j'ai réussi à quitter la propriété, tout ça pour m'écrouler moins de vingt-quatre heures plus tard. La faiblesse extrême est l'un des symptômes de ma maladie. J'aurai besoin d'injections régulières jusqu'à la fin de mes jours, si je veux rester capable de me déplacer. Si j'en suis privée, mon état de faiblesse se propagera à mes organes.

Je suis soulagée que ma maladie réponde au traitement. Mais désormais, Thom a plusieurs moyens de pression sur moi : ma sœur et le médicament qui me maintient en vie.

Et il compte me reproduire. Traiter mes enfants comme du bétail, comme moi. Je ne cesserai jamais de me battre, mais je ne sais pas quoi faire. L'espoir est une lumière ténue qui disparaît à l'horizon.

J'ai la tête qui tourne à cause du médicament, mais mon estomac serré est dû à la vente aux enchères.

La fenêtre craque à nouveau. Le cadre tremble, puis la vitre incassable accomplit l'impossible. Elle ploie vers l'intérieur, puis explose en un million d'éclats brillants.

Je me glace, incapable de réagir. Je réfléchis au ralenti, comme si j'étais sous l'eau, et je ne peux qu'observer la scène tandis qu'une silhouette noire emplit la pièce vide. L'intrus s'arrête un instant avant de sauter lestement sur le sol et de se redresser. Le clair de lune donne un éclat doré à ses cheveux blonds.

— Salut, Raiponce.

# Chapitre Quatre

P*aloma*

C'est le Viking. Là. Dans ma chambre. Il a escaladé la tour et fracassé ma fenêtre, et pourtant, il m'adresse un sourire comme si de rien n'était.

Je reste bouche bée. Un courant électrique parcourt ma peau lorsque je le vois, et mon cœur s'emballe.

J'oblige mes membres ankylosés à se mouvoir, et je descends maladroitement du lit pour me réfugier derrière. Un nouveau vertige s'empare de moi. Je suis essoufflée, comme si j'avais couru, mais je finis par trouver ma voix.

— Qu'est-ce que vous faites ? demandé-je.

J'attrape la première chose qui me tombe sous la main, mon roman, et je le jette sur l'intrus. Mon bras est tout mou. Mon lancer n'est pas très réussi, et le Viking rattrape le livre au vol avant d'en examiner la couverture.

— J'ai entendu parler de cette autrice. Elle écrit bien ?

— Dehors, lancé-je en lui montrant la fenêtre.

Il avance d'un pas nonchalant et pose le livre sur mon lit. Ce mouvement attire mon attention sur ses épaules puissantes. Ma chambre semble plus petite, maintenant qu'il est là.

Il lève les mains en l'air.

— Je ne te veux aucun mal.

— Je sais.

Je l'ai dit avant même de réaliser que c'est la vérité. Je me sens en sécurité avec lui. Il y a quelque chose de magnétique entre nous. Il s'intéresse à moi tout comme je m'intéresse à lui. À la façon d'un homme qui s'intéresse à une femme. Pas à la façon d'un investisseur qui veut que je lui fasse engranger des milliards, même si je suis certaine que ça aussi, ça l'intéresse.

Il fait le tour du lit, de plus en plus proche. Je ne peux plus reculer, mais je suis figée sur place ; fascinée par ses mouvements fluides.

À quelques pas de moi, il s'arrête.

— Tu n'as pas peur de moi.

— Non, confirmé-je. Mais tu n'as rien à faire là.

Je n'ai toujours pas appelé à l'aide. J'ignore pourquoi. Une part de moi ne veut pas voir mes gardes du corps envahir cet espace privé et tabasser cet homme.

Une autre part de moi veut savourer ce moment. Il est beau et gigantesque, et mon corps se souvient de la douceur avec laquelle il me tenait quand nous dansions. Le charme de son sourire.

L'air frais nocturne envahit ma chambre et me donne la chair de poule. J'ai fortement conscience de ce que je porte. Une soie fine couvre mes seins et mon sexe nu, sans rien cacher de mes tétons dressés.

Je dois bien reconnaître au Viking qu'il continue de me regarder dans les yeux.

— Allons-y, Raiponce.

Il me tend une énorme main. Je ne peux pas m'empêcher de l'examiner. Qu'est-ce qu'un grand gaillard comme ça pourrait faire à mon corps avec ces mains-là ?

Ouah. Pourquoi je pense à ça ?

Ah, oui. Parce que ce soir, ma virginité est aux enchères et que ce type a décidé de gruger tout le monde en me prenant sans payer.

Je devrais vraiment hurler. Mais Thom le tuerait. Maintenant que je suis convaincue qu'il a assassiné mes parents, je sais que ces gardes du corps ne sont pas là pour faire joli. Qui sait combien de morts ils ont orchestrées pour le compte de Thom ? Et même si l'homme qui se trouve dans ma chambre est sûrement tout aussi méprisable qu'eux, je ne souhaite pas sa mort. Je suis captivée.

Je recule lentement.

— Tu dois partir. C'est dangereux.

— C'est toi qui es en danger. C'est pour ça que je suis là, princesse.

Il avance et me fait signe d'approcher aussi. Ses yeux ont une lueur étrange, vive et de la couleur du miel, comme une lune d'été.

— Chad sans menton est sûrement en train d'enchérir sur toi en ce moment même. Allons-nous-en avant que lui ou une autre couille molle soit déclaré vainqueur.

— Tu n'es pas une couille molle, toi ?

Je croise les bras et hausse un sourcil, mais je me sens rougir en pensant à cette partie de son anatomie.

Bon, d'accord. J'y jette un œil.

La bosse dans son pantalon me dit que rien n'est mou, chez lui. Non, rien du tout.

Je tente de déglutir, sans succès, en repensant à ce que ça ferait, de perdre ma virginité avec cette montagne de muscles.

Une chaleur naît sur ma peau et monte de mon ventre à

ma poitrine. Je refuse de croire que c'est lui qui provoque cette réaction. Il s'agit sans doute d'une bouffée de chaleur due à mon traitement.

Le Viking penche la tête comme s'il entendait quelque chose derrière la porte, même si moi, je n'entends rien.

— Allez, Paloma.

Il me fait de nouveau signe d'approcher, perdant son air séducteur et nonchalant. Son ton est pressant, désormais.

— Il faut partir. Tout de suite.

La pièce tangue légèrement à cause de mon médicament. Je n'ai pas le pas assuré.

Mon côté impulsif veut le suivre. Mais je ne peux pas m'enfuir à nouveau ; Thom se vengerait sur Wren.

Je secoue la tête.

— Je ne peux pas partir avec toi. Si tu me veux, va enchérir avec les autres.

Je préférais qu'il gagne. Mais de toute évidence, il n'a pas les moyens, car sinon, il n'aurait pas escaladé la façade pour pénétrer dans ma chambre.

Il tourne de nouveau la tête et écoute quelque chose que je ne peux pas entendre.

— Très bien, princesse, désolé pour ça.

Il referme la distance qui nous sépare, se penche, et place son épaule dans le creux de ma hanche avant de se redresser, me hissant sur son dos comme un sac à patates.

— On va devoir faire ça à ma manière, annonce-t-il.

Mon estomac se révolte quand le monde devient sens dessus dessous. Je m'agrippe à son pantalon, mais je parviens seulement à palper ses cuisses et ses fesses musclées.

— Arrête ! m'exclamé-je dans un murmure.

Ma décision est déjà prise : je ne causerai pas sa mort en haussant le ton.

Pourtant, je devrais. Parce que lui risque bel et bien de me tuer, s'il me prive de mon traitement. Ou de causer la mort de Wren, si Thom me croit complice.

— Je ne peux pas... tu ne peux pas... arrête !

Mais il est trop tard. Le Viking parvient à sortir par la fenêtre *avec moi sur l'épaule*, un exploit improbable, et se met à descendre la façade. Il est obligé de me lâcher pour saisir le lierre à pleines mains, et je tangue.

— Argh !

Mes bras ne fonctionnent pas correctement, mais je m'efforce de m'accrocher à sa taille pour ne pas tomber et me briser la nuque.

— Je suis trop lourde pour toi. Tu cherches à me tuer, ou quoi ? vociféré-je, toujours en chuchotant.

Mais je ne mourrai pas, car le Viking va si vite que nous sommes presque sur la terre ferme. Et avec lui, je ne me sens pas lourde du tout. J'ai l'impression d'être légère comme une plume.

— Non, ma belle. J'essaye de te sauver.

J'ai le cerveau comme anesthésié, mais je tente de comprendre ce qu'il me raconte.

Me sauver. Le Viking est venu me sauver. En voilà, un retournement de situation digne d'un roman d'amour.

Une fois sur le sol, il pique un sprint à travers la pelouse, sans me faire descendre de son épaule.

Le bruit et l'activité des convives doivent nous protéger de la vigilance des gardes, car le Viking atteint l'allée circulaire avant que nous soyons repérés.

— Pas un geste ! lance l'un de mes geôliers avant de crier dans son oreillette. La mine d'or a été enlevée. Je répète, la mine d'or a été enlevée !

Des exclamations retentissent tout autour de nous.

Le Viking s'arrête un instant, tournant sur lui-même

pour observer les alentours avant de se précipiter dans les bois à une vitesse surhumaine.

— À l'aide ! m'écrié-je, pas par volonté d'être sauvée, mais pour éviter que Thom me croie complice ; je ne veux pas que Wren soit victime de cette évasion insensée.

Quelqu'un tire. Dans l'écurie, Starlight hennit, comme si elle me savait en danger.

J'entends une autre voix hurler :

— Ne tirez pas ! Ne tirez pas ! Ne neutralisez pas la mine d'or !

Être décrite comme ça me donne envie de vomir.

Non, tout bien réfléchi, c'est le fait d'être suspendue tête en bas sur l'épaule massive d'un type qui zigzague entre les arbres noirs qui me file la nausée. Ça et mon traitement.

Mon ravisseur doit vraiment être un Viking, vu qu'il n'hésite pas à conquérir et piller. Dommage qu'il nous condamne à mort.

Je roue son dos de coups de poing.

— Tu n'es pas en train de me sauver, là !

* * *

*Darius*

Paloma a peur. Je le sais, car son odeur a pris une note métallique quand des tirs ont retenti. J'ai failli me transformer, car mon ours avait envie de mettre ces salauds en pièces. Mais tout à l'heure, je jurerais avoir senti la fragrance de miel de son excitation, comme si une part d'elle aimait être portée sur mon épaule.

Désormais, elle panique, et j'ai envie de tuer le connard

58

qui s'est servi de son arme. Il s'est sûrement contenté de tirer en l'air pour alerter les autres, car il faudrait vraiment être idiot pour tirer dans le noir en direction de « la mine d'or ». Quoi qu'il en soit, je suis presque tenté de laisser mon ours sortir pour le démembrer. Mais l'heure n'est pas au massacre, et j'aurais peur que mon ours fasse du mal à la jeune femme.

Je dois emmener Paloma loin d'ici et la rassurer.

Sans vêtements, de préférence.

Oups. Je retire ce que j'ai dit, c'est complètement inapproprié.

Mais elle porte un adorable ensemble débardeur-short en satin sans rien en dessous, et j'ai une folle envie de la marquer immédiatement pour que ces salauds lui foutent la paix.

Non que les humains reconnaissent ma revendication.

Pourtant, j'ai bel et bien envie de la revendiquer.

— Repose-moi ! s'exclame Paloma en tambourinant sur mon dos.

— Attends. Je vais nous sortir de là.

Je cours à toute allure dans la forêt obscure. Au-dessus de nos têtes, le ciel est couvert, et j'en profite pour couper à travers les terres de Thom pour trouver la route. Nous avons distancé les gardes, du moins pour l'instant.

Je quitte la forêt et me retrouve sur la route. Le rugissement d'un moteur me dit qu'une voiture approche.

Parfait.

Une Lamborghini noire arrive. Vu que le véhicule roule à moitié sur la bande d'arrêt d'urgence, j'en conclus que son conducteur est ivre. C'est l'un des invités de Thompson qui quitte la propriété, pas un garde.

Le conducteur ne me voit pas à temps pour s'arrêter, mais je tends la jambe et mets la voiture à l'arrêt, un pied sur le pare-chocs. Les pneus arrière patinent sur le côté. Le pare-chocs se froisse autour de mon pied.

Paloma se débat. Je ne la pose toujours pas, pas avant d'avoir fait le tour de la voiture et d'avoir ouvert la portière passager pour en sortir l'une des mannequins de la fête.

— Tout va bien ? Me demande le chauffeur ivre.

Il est en smoking et porte toujours son masque, de travers sur son visage. Un léger voile de cocaïne sous le nez de sa cavalière me rappelle qu'ils faisaient partie de ma visite guidée.

— Oh, c'est vous ! s'exclame la mannequin en gloussant.

Elle prend ma main, et je l'aide à sortir de la voiture pour installer Paloma à sa place.

— Mais qu'est-ce que vous foutez ? me demande le connard derrière le volant d'un ton impérieux.

— Dehors. C'est une urgence. Elle a besoin d'être soignée, dis-je d'un ton pincé.

Ce n'est pas vraiment un mensonge. Ses gestes sont ralentis, sans doute par le traitement qu'on lui a donné. Dans le cas contraire, j'aurais plus de mal à la maîtriser.

— Quoi ? Oh, mince, réagit le chauffeur, encore plus lent que Paloma.

J'ai déjà bouclé la ceinture de sécurité de cette dernière et refermé la portière passager.

Je fais le tour de la voiture en vitesse, ouvre au conducteur et le sors du véhicule. Il avait oublié sa ceinture.

Tant pis pour lui.

Je le jette sur le côté et bondis derrière le volant avant que Paloma ne s'échappe. Elle cherche à ouvrir sa portière, mais ses gestes sont maladroits.

J'écrase l'accélérateur, et nous fonçons, atteignant les cent quarante kilomètres-heure en trois secondes.

La vache. C'est marrant. Je continue d'accélérer et

regarde le compteur de vitesse monter à cent soixante. Cent quatre-vingts. Cent quatre-vingt-dix.

Oui, j'ai volé le bon véhicule.

Paloma a toujours une main sur la poignée de sa portière, comme si elle envisageait de sauter en marche.

— Attention, princesse. On va trop vite pour que tu survives à la chute.

Elle jette un regard par-dessus son épaule, en direction du SUV noir qui quitte tout juste l'allée.

— Oui, j'avais remarqué, répond-elle. Mais ils nous trouveront, tu sais.

— Pas si j'ai mon mot à dire.

Je sors mon téléphone de ma poche et compose le numéro d'un loup-garou que je connais. Pas Brick Blackthroat, l'alpha avec qui je fais de la boxe, mais son homme de main.

— Salut, Sully, dis-je quand il décroche. C'est Darius Medvedev. Le, euh...

J'essaye de trouver un nom de code pour *ours*, mais il me coupe :

— Ouais, bien sûr. Je sais qui t'es. Qu'est-ce qui se passe ?

— J'ai besoin d'un endroit sûr et caché, pas en ville. Tu peux me trouver ça ?

— Ouais. T'es où, là ?

— Dans les Hamptons.

— Compris. T'as un moyen de transport ? Rhode Island, ça te fait pas trop loin ?

Je pousse un soupir.

— Non, c'est parfait.

— Je t'envoie l'adresse.

— Super. Merci.

— T'as besoin de protection ?

— Non, je gère.

— Tu veux me raconter ce qui t'arrive ? Je sais que vous êtes du genre solitaire, mais...

— Non, merci.

Ah, les loups... Leur esprit de meute, ça me dépasse.

— Je te rappellerai si j'ai besoin d'un coup de main. Mais c'est gentil de proposer.

— Pas de souci.

Sully raccroche sans autres formalités. J'aime bien les mecs qui ne perdent pas de temps en blabla.

Paloma me regarde, ses yeux bruns écarquillés.

— Un endroit sûr et caché ? demande-t-elle. Mais qui es-tu ?

Je lui adresse un grand sourire.

— Darius Medvedev, à ton service.

— À mon service ? C'est comme ça que tu décris le fait de m'enlever au beau milieu de la nuit ?

Elle jette un regard à son minuscule pyjama en satin et ajoute :

— Sans vêtements ?

Sans le vouloir, je jette un œil à sa superbe poitrine, généreuse et mouvante sous son débardeur rose. Avec un sourire en coin, je rétorque :

— Je ne vois pas cette partie de notre épopée comme un problème.

— Une épopée, hein ?

— Il fallait que je te sorte de là.

Elle regarde de nouveau par-dessus son épaule, mais je conduis à plus de cent soixante kilomètres-heure. Les phares des SUV qui nous ont pris en chasse sont de plus en plus petits.

— Il faut que tu me ramènes.

— Pas question, princesse.

— Tu ne comprends pas. Thom n'est pas un type bien. Il te tuera. Il nous tuera tous les deux, s'il croit que je suis complice.

— Ouais, j'avais compris. Il te *bouclait dans ta chambre* comme une prisonnière. Des hommes étaient en train d'*enchérir sur ta virginité.*

Je sais que mes yeux luisent de nouveau, car je sens mon ours qui essaye de se libérer à coups de griffes. Il a envie de démembrer tous ceux qui ont envisagé de la déflorer.

Elle alterne les regards entre moi et nos poursuivants.

— En plus, comment une femme aussi belle que toi peut être encore vierge ?

Je secoue brusquement la tête et amende :

— Oublie ça, je sais pourquoi. Parce que tu as passé toute ta vie enfermée dans cette tour.

J'essaye de nouveau de ne pas regarder, sans succès. Ses tétons sont dressés sous le satin. Même dans la pénombre, je vois une rougeur monter dans son décolleté et son cou.

— Tu ne savais pas qu'il comptait me reproduire avant que je te le dise au bal, hein ?

Mon ours parvient presque à prendre le contrôle. J'ignore si c'est à cause de ma colère à l'idée qu'elle serve de reproductrice ou parce que mon animal a lui-même une envie primitive de se reproduire avec elle. Avant de pouvoir me maîtriser, un grondement sourd monte dans ma poitrine.

— Non, grogne mon ours.

Il faut que je le tienne en laisse avant qu'il fasse quelque chose d'encore plus risqué que d'enlever une princesse vierge dans sa tour. Pourquoi cette femme me fait-elle perdre les pédales à ce point ?

— C'est pour ça que tu as escaladé la façade pour me sauver ?

— J'essayais déjà de découvrir pourquoi Thompson te faisait suivre en permanence par des gardes du corps. Mais oui, c'était une raison suffisante pour que je risque de me le mettre à dos en te sortant de là.

Elle me dévisage.

— Je croyais que tu étais venu enchérir sur moi, toi aussi. Je me suis dit que tu devais correspondre à l'idée que Thom se faisait de l'étalon idéal.

— Pourquoi ?

— Mmm, peut-être parce que tu es deux fois plus baraqué que les autres types et que tu te baignes dans l'océan glacé sans chemise ?

Mes lèvres frémissent.

— J'étais censé nager en smoking ?

— Arrête.

— Ça t'a épatée, Raiponce ?

— Pas du tout.

Elle serre les cuisses, et le doux parfum de son excitation emplit le petit habitacle.

Oui, je l'ai épatée. C'est réciproque.

— Je pensais juste que Thom t'avait choisi parce que tu étais le parfait... spécimen, ou un truc dans le genre.

— Je te jure que je n'étais pas au courant de la vente aux enchères, Paloma.

— Donc tu ne fais pas partie de son plan machiavélique. Dans ce cas...

Elle regarde par la fenêtre, et j'en conclus qu'elle cherche à dissimuler son visage. L'odeur de son excitation prend de l'ampleur. Mon membre se dresse en réaction. Sous la surface, mon ours gronde et secoue sa cage.

*Laisse-moi sortir.*

Le sang afflue sous ma taille. J'insiste :

— Dans ce cas ?

— Dans ce cas...

Elle tord le cou pour regarder derrière nous. Nous sommes hors de danger, à présent, deux fois plus rapides que les autres véhicules. Dans quelques kilomètres, je prendrai la sortie de Rhode Island. Paloma tourne la tête vers moi et m'observe d'un air songeur.

— Te donner ma virginité serait le moyen parfait pour saboter les grandes ambitions de Thom.

# Chapitre Cinq

*Paloma*

Darius émet un drôle de grognement et presse l'accélérateur. Moi qui croyais que nous allions vite, nous nous mettons à foncer. Je m'accroche à la poignée de la voiture de sport qu'il a « empruntée » et jette un œil au compteur. Cent quatre-vingt-dix kilomètres-heure.

Il se dépêche de me mettre dans son lit ?

Mon cœur bat aussi vite que la voiture.

C'est vraiment en train de m'arriver. Le Viking va me mettre dans son lit.

Me déflorer.

Faire de moi sa *reproductrice.*

Je sais, je sais. J'ai lu trop de romances historiques. Mais bon, le projet révoltant de Thom devient beaucoup plus tolérable quand l'étalon en question est le Viking. C'est sans doute ma façon de reprendre le peu de contrôle qui m'est octroyé. M'assurer qu'il n'y ait plus de virginité à vendre aux enchères quand Thom me mettra la main dessus me satisfera.

Mais il n'y a pas que ça.

J'ai vingt-quatre ans. J'ai passé plus de dix ans de ma vie en captivité, sans télé et avec un accès limité à internet. Chevaucher Starlight et lire des romans à l'eau de rose étaient mes seuls plaisirs. Et j'avoue que ces livres ont éveillé chez moi une saine curiosité pour le sexe.

Je veux savoir ce que ça ferait, d'être conquise par ce Viking en maraude.

J'ai envie de guider son membre palpitant dans mon fourreau frémissant, si je me rappelle bien l'expression. Oui, j'en ai envie.

Avec lui.

Et vu la tente sous son pantalon de smoking, je ne suis pas la seule.

Nous dépassons un panneau à toute vitesse, et il écrase les freins avant de tourner en faisant crisser les pneus.

Je me retrouve collée à la portière, et je m'accroche à la poignée. Je pourrais paniquer, mais il conduit avec une telle aisance, une telle efficacité, que je suis convaincue qu'il sait ce qu'il fait. Je me sens étonnamment en sécurité, avec lui, bien qu'il nous fasse courir un terrible danger, à Wren et moi.

Je vais me contenter de le suivre cette nuit. Je me débarrasserai de ma virginité avec son énorme membre de Viking, puis je courrai retrouver Thom.

C'est le seul moyen de protéger Wren.

En plus, si je ne prends pas mon traitement sous quarante-huit heures, je risque de mourir.

Les arbres noirs défilent à toute vitesse devant ma fenêtre. Je regarde par-dessus mon épaule, mais nous avons semé les hommes de Thom. Nous nous en sortirons peut-être, finalement.

Alors que je fuis Lockepoint, je me sens en sécurité

pour la première fois en dix ans, depuis la mort de mes parents.

*L'assassinat* de mes parents.

Mais ce n'est pas parce que je suis temporairement libérée de Thom et de ses sales magouilles que mon cauchemar est terminé.

Je bénéficie tout de même d'un répit.

Avec un Viking super canon qui m'a carrément jetée sur son épaule, dans une scène très proche de celle que j'imaginais sur la plage.

Quitter la propriété de Thom est à la fois terrifiant et grisant. Je n'ai pas quitté cet endroit depuis ma tentative d'évasion d'il y a cinq ans. Cette fois, je m'étais introduite dans la résidence secondaire de quelqu'un, non loin de chez Thom. Je savais que les propriétaires n'y venaient presque jamais. J'avais passé la nuit là-bas, à tenter de joindre Wren dans son pensionnat, mais les nonnes avaient refusé de me la passer.

Ça, c'était avant de savoir à quel point je dépendais de mes médicaments. Le lendemain matin, j'avais perdu connaissance. Les gardes de Thom m'avaient trouvée dans l'après-midi et m'avaient ramenée à Lockepoint. D'après les médecins, j'ai bien failli y passer.

— J'ai beau être ravi que prendre ta virginité soit envisageable, ce n'est pas pour ça que je t'ai revendiquée. Euh, enlevée. Bref.

La lumière confère une lueur étrange à ses yeux.

Seigneur, il est sublime. Ses cheveux semblent plus longs que tout à l'heure, presque comme s'ils avaient poussé pour correspondre à mon fantasme. Me trouver dans cet espace restreint avec lui a un drôle d'effet sur mon corps. Une lente pulsation devient de plus en plus insistante entre mes jambes.

— Je crois que j'aime bien le terme *revendiquer,* dis-je.

Il hausse les sourcils et s'étouffe à moitié.

— Quoi ?

— Oui, ça correspond bien à ton côté Viking en maraude.

Ses lèvres frémissent.

— Mon côté quoi ?

— Écoute, c'est mon fantasme. Je veux décider de la manière dont je serai déflorée.

— Bien entendu, répond-il à la hâte. Bien sûr, c'est toi qui décides.

Son érection est longue et épaisse contre sa cuisse. J'ai envie de tendre la main pour la caresser.

— Je suis d'accord, ajoute-t-il avant de s'éclaircir la gorge. Pour être ton Viking en maraude, si tu veux. Mais comme je te l'ai dit, ce n'était pas mon but.

Je n'arrive à penser qu'au sexe. À comment ça sera, avec Darius. Sera-t-il au-dessus ? Me prendra-t-il par-derrière ? Ou devrais-je prendre les rênes et le chevaucher pour ma première fois ?

Mais ses mots me rentrent enfin dans le crâne.

— Quel était ton but, alors ?

Dès que j'ai posé la question, je réalise que je ne veux pas le savoir.

J'ai réussi à fuir Lockepoint, au moins pour une nuit.

Je vais faire l'amour pour la première fois avec ce bel inconnu.

Je ne veux pas penser aux horreurs de ma vie abominable. Je pose les doigts sur ses lèvres pulpeuses.

— Non, attends, le coupé-je. Ne me dis rien. Je peux profiter de ce fantasme ? Rien que pour une nuit ?

Il entrouvre la bouche, et je sens sa barbe dorée quand il prend mes doigts entre ses lèvres et les suce.

Les doigts, ça n'a rien d'érotique. Ou en tout cas, c'était ce que je croyais. Pourtant en réponse, je sens quelque chose réagir entre mes jambes, comme si mes doigts et mon fourreau étaient liés.

Un petit gémissement m'échappe. Je me mets à mouiller. Je regrette de ne pas porter de culotte, car je risque de tremper le siège.

— Tu veux que je joue les Vikings pour toi cette nuit ? dit-il d'une voix rauque.

Lorsque je reprends ma main, il me saisit le poignet.

— C'est ton traitement qui parle ? demande-t-il en reprenant mes doigts en bouche pour les mordiller.

— Non ! Pas du tout. Je cherche à reprendre mon destin en main. À choisir à qui je donne ma virginité. Et c'est toi que je choisis.

Il suce mon index, promène sa langue tout autour. Je pousse un cri. Mes tétons pointent, mes seins semblent lourds. Mon Dieu… je risque de jouir rien qu'avec ça.

— C'est *moi* que tu choisis pour perdre ta virginité ? Un mec que tu ne connais même pas ?

Sa voix est descendue d'une octave, ce qui paraît impossible, vu qu'il avait déjà une voix de basse. La lumière de la voiture lui fait des iris dorés.

Il semble en pleine lutte intérieure, car il a beau remettre ce que je dis en question, il fait glisser ma main le long de son corps musclé jusqu'à ce qu'elle se pose sur le tronc qu'est sa cuisse. De là, je sais où il se dirige. À l'endroit que je voulais atteindre. Je promène la paume sur les contours de son sexe, émerveillée par sa longueur et sa rigidité.

— Je choisis le Viking, dis-je d'une voix rauque. Et ce soir, ce Viking, c'est toi.

— Ah.

Je sens son ventre frémir à chaque respiration tandis que je caresse lentement son érection.

— Je vois, ajoute-t-il le souffle court.

J'ôte ma main et m'enfonce dans mon siège.

— Si tu n'es pas partant...

Pour la première fois de toute ma vie, je ressens le pouvoir qu'une femme peut avoir sur un homme.

C'est pour ça que les types comme Thom retiennent les femmes prisonnières ou les forcent à se reproduire. Ils cherchent désespérément à prendre le contrôle d'une chose qui les effraie. Qui risquerait de prendre le dessus, s'ils ne faisaient pas attention.

Il reprend mon poignet et le porte de nouveau à sa bouche. Cette fois, il entrouvre les lèvres et les promène sur mon pouls, tout en humant profondément mon odeur comme si elle l'ensorcelait. Chose étrange, puisque je ne porte pas de parfum. Quel besoin aurait la prisonnière de sentir bon ?

— Je suis partant, princesse. Je serai ton Viking. Je serai tout ce que tu veux, cette nuit. Comme tu l'as dit, c'est ton fantasme. Qui suis-je pour priver une femme de ses désirs les plus profonds ?

Un mini-orgasme me traverse à ces mots. Je lève les fesses du siège, et mes cuisses se collent l'une à l'autre tandis que mes muscles se contractent en rythme.

Le Viking me jette un regard.

— Tu viens de jouir ?

Je suis essoufflée. Ce fantasme est merveilleux.

— Oui, réponds-je.

Il secoue lentement la tête et lâche un son désapproba-teur, sans cesser de conduire deux fois plus vite que la limite et de doubler les autres usagers de l'autoroute. Ses yeux luisent à cause des phares d'une voiture qui arrive en face.

— Vilaine princesse. Tu es le trophée du Viking, voyons. Tu n'as pas le droit de jouir sans autorisation.

La chair entre mes jambes se contracte à nouveau.

— Si tu recommences, je serai obligé de te donner une bonne fessée façon Viking.

* * *

*Darius*

Je risque de jouir dans mon pantalon, moi aussi.

*Laisse-moi sortir.*

Mon ours tente de se libérer à coups de griffes.

Je suis dur comme du bois. Je devrais faire plus attention à la route et guetter la police, vu que je conduis un véhicule volé à près de cent kilomètres-heure au-dessus de la vitesse autorisée, mais Paloma vient de dire qu'elle voulait que je la *revendique*.

Je sais bien qu'elle ignore le véritable sens de ce mot, mais mon ours a l'ouïe sélective.

Et il est *plus* que partant.

Merde. Il faut que je me montre prudent. Mon ours est sauvage. Complètement barbare. Déchaîné.

S'il prend le contrôle pendant que je touche Paloma, s'il tente de la marquer de façon permanente et de la revendiquer pour nous, elle courrait un véritable danger. Je n'aurais aucune intention de lui faire du mal, bien sûr, mais c'est une humaine fragile. Mon ours est une bête sauvage. S'il essaye de la marquer, cela pourrait la tuer.

Je ne peux pas le libérer en présence de Paloma. Jamais.

Elle a gémi en entendant mes mots. Je dois reprendre la situation en mains.

— Voilà ce que je veux que tu fasses, princesse, dis-je de mon ton de chef d'entreprise, celui qui pousse mes employés à se dépasser pour moi. Couche ton siège.

Elle obéit, parcourant maladroitement les boutons sur le côté de son siège jusqu'à trouver le bon.

— Gentille fille. Maintenant, glisse les doigts entre tes jambes et ferme les yeux. Je veux que ta chatte soit bien mouillée pendant que tu penses à ce que ton Viking te fera une fois dans son repaire. Compris ?

Elle glisse les doigts sous son pyjama de satin et se laisse aller contre l'appui-tête.

— Elle le suit contre son gré, m'avertit-elle en fermant les paupières.

— Dans ce cas, je devrai l'obliger à obéir. Elle aime être forcée ?

— Elle aime être hissée sur une épaule musclée. Elle a peut-être besoin d'être attachée. Pas trop serré, bien sûr. Et...

Sa voix chevrote légèrement.

— ... peut-être cet autre truc que tu as mentionné.

Je ravale un sourire.

— Une bonne grosse fessée sur mes genoux ?

— Peut-être pas trop grosse, dit-elle d'une petite voix.

Je ris.

— Elle va passer la nuit de ses rêves.

Paloma obéit à mes ordres et garde les yeux fermés et les doigts entre ses jambes. Mais comme je l'espérais, elle finit par s'assoupir.

Heureusement. Il y a encore au moins trois heures de route pour arriver à notre cachette, et mon érection risque d'exploser, si on continue avec les préliminaires.

Je traverse le Connecticut à toute allure, tout en veillant à ne pas me faire repérer par la police. Pendant que je conduis, je réalise la folie que je viens de commettre.

Lorsque j'ai arraché Paloma aux griffes de Thompson, j'étais guidé par mon instinct d'ours.

Je ne regrette pas, pas le moins du monde. Le simple fait de l'avoir à côté de moi m'enivre. Mais j'ai conscience que les conséquences seront draconiennes. Thompson a le bras long.

Je viens de déclarer la guerre à un milliardaire excentrique et diabolique visiblement dépourvu de tout sens moral. Contrairement à lui, je n'ai pas beaucoup de relations dans les hautes sphères. Je n'ai pas tout un tas de sbires à la solde pour mentir, voler et intriguer pour moi.

À Wall Street, je suis un petit nouveau. Je ne suis pas né avec une cuillère en argent dans la bouche. Je suis parti de rien. Et ce n'est que depuis récemment que mon entreprise vaut neuf chiffres. Je n'ai même pas le soutien d'une meute comme Brick Blackthroat avec ses loups-garous de Wall Street.

Je viens d'une petite famille adoptive hétéroclite perdue dans les montagnes du Nouveau-Mexique. Bien sûr, je peux appeler mes frères pour qu'ils me viennent en aide, mais s'il leur arrivait quelque chose, notre mère aurait le cœur brisé. Et je l'ai déjà assez fait souffrir comme ça.

Mon ours sauvage et les saccages qu'il a causés durant mon adolescence l'ont tellement épuisée qu'elle a dû hiberner. Mon propre jumeau ne veut pas aborder ce sujet avec moi.

Je pourrais faire appel à des gars du coin et mobiliser Brick Blackthroat et les siens, mais c'est beaucoup demander, et rien ne l'oblige à me soutenir. Sa meute vient de connaître un conflit interne après que Brick s'est choisi une humaine comme luna, et ils ont perdu des centaines de membres.

Pour résumer, si je ne l'emporte pas face à Thompson, je risque la ruine financière et professionnelle, mais également, comme l'a fait remarquer Paloma, notre mort à tous les deux.

Mais je n'arrive pas à voir plus loin que la sécurité immédiate de Paloma. Mon ours veut la revendiquer. Même si elle était consentante, je ne peux pas m'accoupler à une humaine. Mon ours est trop instable. Et les femmes de son espèce sont trop fragiles.

Non.

Je vais devoir trouver un moyen de libérer Paloma de son odieux père adoptif, puis de renoncer à elle.

Mon ours grogne. Et pas de façon contenue ; son rugissement est tellement féroce qu'il retentit dans la voiture.

Paloma se réveille en sursaut et ravale une exclamation.

— C'était quoi, *ça* ?

# Chapitre Six

*Paloma*

Je me réveille au lit avec mon Viking.

Je me suis rendormie après avoir été réveillée par la pétarade d'une moto sur la route. Darius m'a annoncé que nous étions bientôt arrivés et qu'il me réveillerait à ce moment-là, mais apparemment, c'est un menteur. Il a dû me porter à l'intérieur sans me réveiller, ce qui est dingue. Soit mon traitement m'a rendue encore plus somnolente que d'habitude, soit je fais une confiance aveugle à ce type. Sans compter que je suis lourde, comme le souligne toujours Thom.

Je m'assois et regarde autour de moi. Je suis sous les draps, mais Darius est étendu par-dessus, toujours vêtu de pied en cap, comme s'il s'était assoupi pendant qu'il montait la garde. Notre « endroit sûr » n'a rien du bunker barricadé et sous-terrain que j'imaginais. Non, il s'agit d'une maison de plage luxueuse. De la lumière filtre par les fenêtres de la chambre, qui surplombe la mer.

Je me glisse hors des draps, tout en veillant à ne pas réveiller Darius, et je mène l'enquête. Je découvre que nous

nous trouvons dans une maison de vacances de trois chambres. Je me rends dans l'une des salles de bains et me lave le visage. Dans un panier sous le lavabo, je trouve des produits de toilette de première nécessité. Des brosses à dents neuves et des tubes de dentifrice de voyage, des échantillons de bain de bouche et des peignes emballés individuellement. Il y a même de la crème solaire et du baume pour les lèvres. Je me brosse les dents, me coiffe et applique un peu de baume hydratant.

Puis je visite la cuisine. Les placards débordent de boîtes de conserve. Nous ne risquons pas de mourir de faim, ici.

Il y a une machine à café de pointe que j'ai du mal à faire marcher, mais qui, une fois la parade trouvée, produit une tasse de café délicieuse. J'ouvre un berlingot de crème pour faire blondir le liquide.

— Paloma ? lance Darius dans la chambre, une note de panique bien audible dans sa voix.

— Je suis là !

Je place une deuxième capsule dans la machine pour lui servir une tasse.

Il émerge de la chambre. Il est pieds nus, mais porte toujours sa chemise et son pantalon de smoking de la veille. Son nœud papillon a disparu, et sa chemise noire est entrouverte, révélant quelques boucles dorées au-dessus du col de son maillot de corps.

Il se frotte la mâchoire. C'est dingue, sa barbe naissante d'hier s'est déjà transformée en barbe et moustache, et même ses cheveux semblent avoir poussé. Mais c'est impossible. Je dois me tromper.

— Je n'arrive pas à croire que je ne t'aie pas entendue te lever.

J'avais oublié qu'il avait une voix si grave. Un son rauque si agréable à entendre.

— Tu devais être épuisé. On est arrivés à quelle heure ?

— À près de cinq heures du matin. Mais je n'ai pas le sommeil aussi lourd, d'habitude.

Le regard qu'il pose sur moi est à la fois endormi et songeur.

— C'est que je dois te faire confiance, conclut-il.

Ses mots me surprennent.

— C'est bizarre, marmonné-je.

— Quoi ?

— C'est juste que... Je me suis fait la même réflexion tout à l'heure, dis-je en repoussant les cheveux qui me tombent sur le visage. J'étais étonnée de ne pas m'être réveillée en arrivant ici.

— Mmm.

La machine finit son cycle, et je lui apporte sa tasse.

— Un peu de crème ?

— Merci, princesse.

Il tend la main, et je me surprends à trouver la montre autour de son poignet très sexy. Pas à cause de la pièce en elle-même, qui semble très chère et de marque, mais parce que son poignet et son avant-bras sont des modèles de beauté. L'os épais de son poignet doit faire deux fois le diamètre du mien, et les poils dorés de son avant-bras musclé servent de toile de fond idéale à sa Rolex, ou Dieu sait quel type de montre.

Mais bon, tout me séduit chez ce géant.

Ses doigts se ferment sur la tasse, effleurant les miens. Quelque chose frémit dans mon ventre à ce contact.

— Oui, je veux bien de la crème.

*Cette voix grave !* Elle me trouble encore plus.

Je verse de la crème dans son café, sous son regard appréciateur.

Ses yeux sont dépourvus de malice ou de ruse. Il ne me scrute pas à la loupe, contrairement à Thom. Ce mec a une présence qui semble me captiver. Mon corps parvient à se détendre en sa présence, comme s'il savait que j'étais en sécurité. Que je n'avais pas besoin d'être sur mes gardes.

Ce qui est faux.

Je ne suis *pas* en sécurité. Et j'ai beau être persuadée que Darius ne me fera pas de mal, nous courons un terrible danger.

Il prend une gorgée de café tout en m'observant par-dessus sa tasse.

Je repense à ce qu'il m'a dit cette nuit. *Gentille fille. Je veux que ta chatte soit bien mouillée pendant que tu penses à ce que ton Viking te fera une fois dans son repaire.*

Oh, Darius.

Je ne peux pas rester ici avec lui ; je ne veux pas qu'il se fasse tuer à cause de moi. Le plus raisonnable serait de m'en aller, loin de lui, et de contacter Thom. Je pourrai tenter de justifier le comportement de Darius. Il était saoul. Il faisait la fête dans le jardin. Il s'est dit qu'il serait amusant de grimper dans ma chambre et de m'enlever, et il était trop ivre pour réaliser que je ne voulais pas partir avec lui.

Argh. Thom n'avalera sans doute pas ça. Je devrais peut-être passer un marché avec mon père adoptif par télé-phone. Je rentre, à condition qu'il épargne Wren et Darius.

Un truc dans le genre.

Tout ce que je sais, c'est que je dois quitter ce charmant havre de paix sans tarder.

Mais avant, je veux m'envoyer en l'air avec mon Viking. C'est peut-être ma seule chance d'obtenir ce que je veux dans la vie.

— Alors, Viking, c'est ton repaire ?

Son regard chaleureux et rassurant devient brûlant. Ses lèvres esquissent un sourire.

— Oui. Pour l'instant.

Ses yeux restent plongés dans les miens.

— Et que ferais-tu, si ta princesse essayait de s'enfuir ?

Il ne bouge pas. Il se contente de siroter son café en m'observant.

Je suis tellement impatiente de voir sa réaction que je suis comme électrisée.

— Il y aurait des conséquences, bien entendu.

Un tremblement d'excitation monte derrière mes genoux. La chair entre mes jambes se contracte. Sans le quitter des yeux, je pose doucement ma tasse sur le plan de travail.

Puis je pars en courant. J'atteins la baie vitrée et perds quelques précieuses secondes à tenter de comprendre comment elle s'ouvre. La vitre semble particulièrement épaisse. Comme si elle était pare-balles, peut-être.

Je l'ouvre, et réalise que Darius n'a toujours pas bougé.

Compte-t-il me prendre en chasse ?

Il n'a pas intérêt à gâcher mon fantasme.

— Cours, princesse, murmure-t-il d'une voix rocailleuse.

Je m'élance à travers la terrasse et descends les marches qui mènent à la plage. Je cours vers la mer, où le sable mouillé sera plus ferme. Puis je cours le plus vite possible.

C'est peine perdue, car quand je jette un regard par-dessus mon épaule, Darius est juste derrière moi, presque comme s'il ménageait ses forces après m'avoir donné une longueur d'avance.

Je pousse un cri de surprise.

Il plonge sur moi et m'attrape par la taille.

— Vilaine princesse, me susurre-t-il à l'oreille en me

faisant tournoyer. Je m'agrippe à ses avant-bras puissants. À ces deux troncs, beaux et musclés.

— Maintenant, je vais être obligé de te punir.

Il y a une note rieuse dans sa voix.

Mes pieds touchent de nouveau le sol, et l'une de ses mains glisse entre mes jambes. Ce contact m'arrache une exclamation étonnée. Ses doigts fermes épousent la forme de mon pubis. Au même moment, son autre main saisit l'un de mes seins et le pétrit. Je renverse la tête contre son torse musclé tandis qu'une cacophonie de sensations me traverse. Son pouce caresse mon téton. Ses doigts ondulent entre mes jambes.

Puis il me retourne sur le dos, mais comme je suis dans ses bras, je ne ressens pas le choc. Je suis simplement surprise de me retrouver dans le sable.

Comme dans mon fantasme !

Il n'y a pas de séduction progressive. Il joue le rôle du Viking sauvage à la perfection. Il pousse l'entrejambe de mon short en satin sur le côté et couvre mon sexe tout entier de sa bouche ouverte.

Je lâche une exclamation d'étonnement, mais surtout de plaisir, car sa langue est déjà à l'œuvre et plonge entre mes plis. Il me pénètre avec, me transperce. Il suçote mes petites lèvres. Les poils de sa barbe ajoutent une nuance à cette sensation.

Je suis déroutée. Immédiatement plongée dans l'extase. Mes mains se referment sur ses cheveux, cette épaisse crinière dorée, et je tire dessus pour l'encourager.

Non qu'il ait besoin de ça.

Le Viking sait ce qu'il fait. Sa main se promène sous mon débardeur pour masser mon sein et pincer mon téton pendant que sa langue experte me donne une bonne leçon après mon insolence.

Une leçon qui me plaît.

Je me cambre dans le sable et gémis de plaisir.

Il se hisse sur une main pour me dévisager pendant que ses doigts prennent le relais entre mes jambes. Il en glisse un en moi, ou du moins, il essaye, mais celui-ci est trop épais. Dans la voiture, j'ai remarqué que ses doigts faisaient sans doute la taille du pénis de bien des hommes. En remarquant ma résistance naturelle, il se retire, avant d'utiliser un doigt plus fin. Son auriculaire, peut-être.

L'excitation me donne le souffle court.

Il enfonce son doigt en moi et va et vient lentement, sans quitter mon visage des yeux, sûrement à l'affût de la moindre expression d'inconfort. Il n'y en a aucune.

Rien que du plaisir.

Un Viking s'empare de mon corps sur la plage. C'est le rêve.

Il se met à aller un peu plus vite et pince mon téton sans ménagements. Puis il se jette sur ma bouche.

Son baiser est sauvage. Sa langue plonge dans ma bouche, et je goûte à mon propre nectar.

Mes jambes s'agitent dans le sable. Je place une main derrière sa tête pour l'encourager à poursuivre son baiser, mais il s'interrompt et redescend sur mon sexe. Sans cesser d'aller et venir en moi avec son auriculaire, il trouve mon clitoris avec sa langue.

Je pousse un cri quand le plaisir explose tout autour de moi. Je jouis, les muscles contractés sur son doigt, le dos cambré dans le sable, les cuisses tremblantes sur ses épaules larges.

Ça ne dure pas assez longtemps, cependant. J'en veux encore. Je veux la totale. Je veux son membre entre mes jambes.

Quand l'orgasme passe et que j'ouvre les yeux, Darius secoue la tête d'un air faussement sévère.

— C'est la deuxième fois que tu jouis sans permission, princesse.

Je reste allongée dans le sable, toute molle et en pleine extase après cette expérience.

Les yeux du Viking ont une lueur ambrée au soleil.

— L'heure est venue de te punir.

* * *

*Darius*

Je me lève et prends Paloma par la main pour la hisser directement sur mon épaule et la ramener au château comme un trésor de guerre.

Mon ours est dans tous ses états, ce qui m'a donné du fil à retordre lorsque je la goûtais avec ma langue, mais j'ai réussi à ne pas la revendiquer.

J'espère ne pas m'être montré trop brusque. Trop indélicat. Mais si je l'ai été, ça devait correspondre au Viking de son fantasme.

Tandis que je la porte dans la maison, sa saveur toujours sur ma langue, mon ours fait une danse de la victoire. Rien n'avait encore jamais semblé aussi naturel et souhaitable que ce moment. Revendiquer Paloma. Mais non... je ne la revendiquerai pas, rappelé-je fermement à mon ours ainsi qu'à moi.

Je me contenterai d'assouvir son fantasme.

Et quel privilège, putain ! C'est un honneur que je prends très au sérieux.

*Revendique-la,* insiste mon ours.

*Non, pas de revendication.* Je ferme la porte de sa cage comme je l'ai déjà fait des millions de fois. *Reste. À. Ta. Place. Je t'interdis de sortir maintenant. Ne te montre jamais devant Paloma.*

*Revendique. La.*

Il est trop apaisé par son odeur, qui m'emplit la tête, pour faire valoir ses exigences de manière plus agressive.

Je l'ignore, songeant plutôt à toutes les choses merveilleusement salaces que je m'apprête à faire à Paloma.

J'époussette le sable à l'arrière de ses jambes tandis que j'avance, et je lui donne une légère tape sur les fesses. Elle agite les pieds, mais l'odeur de son excitation ne fait que grandir.

— Princesse, tu m'appartiens, désormais. Ça veut dire que ton corps est à moi. Que tes orgasmes sont à moi. Tu te soumettras à ma volonté, ou tu en paieras le prix.

Je joue à fond le rôle du Viking. Je ne sais pas ce qu'elle a en tête, exactement, mais à mon avis, ce qui l'intéresse, c'est d'être dominée. Ça lui permet peut-être de ne pas se sentir responsable de son appétit sexuel. Si elle est attachée et « forcée », ça ne peut pas être sa faute. Elle restera une fille bien sage. Ces fantasmes lui permettaient peut-être de s'évader de sa prison. De contrer sa terreur à l'idée de ne pas avoir le contrôle en la rendant sensuelle.

Il faut que je fasse les choses bien, pour elle. Je sais que ma menace de la punir l'excite. Je le vois à la façon dont ses cuisses se contractent chaque fois que j'en parle. Je commencerai par quelques petites claques sur le derrière pour jauger sa réaction.

Une fois devant notre cachette, je tape le code que m'a envoyé Sully. Cet endroit dispose de tous les luxes dont pourrait rêver un millionnaire. Mais pour Blackthroat, c'est sans doute un logement modeste. Paloma et moi n'aurons aucun mal à rester tapis ici en attendant que je trouve le moyen de la libérer définitivement de son père adoptif malfaisant.

J'ouvre la baie vitrée et pénètre dans la maison, puis je renverse ma captive sur le canapé.

— Bon, ta punition.

Je fais glisser son débardeur à bretelles fines au-dessus de sa tête. J'ai envisagé de lui ordonner de se déshabiller, mais je ne pense pas qu'elle veuille se soumettre volontairement à moi. Elle veut être forcée. Elle veut que je fasse mine de ne pas lui donner le choix.

— Tu n'as pas été sage ce matin, princesse.

Je glisse les pouces sous l'élastique de son short en soie et le fais descendre sur ses cuisses, avant d'asséner une bonne claque à l'une de ses fesses rondes.

— Oh.

Elle me jette un regard. Ses yeux sont écarquillés, mais ses pupilles sont toujours dilatées. Aucune trace de peur.

Je m'assois sur le canapé et la couche sur mes genoux. Bon sang, l'odeur de son miel prend encore de l'ampleur. Je place une large paume sur ses fesses, que je pétris, mais ne frappe pas. Je la laisse se faire à l'idée de ce qui l'attend. Et comme toujours, j'attends son consentement muet.

— Je suis le maître de ce donjon, annoncé-je d'un ton ferme. Et tu m'obéiras.

— Ooooh, donjon, ça me plaît, bredouille Paloma d'un ton amusé.

Je suis incapable d'étouffer un rire rauque, mais je lui donne une tape sur les fesses pour masquer mon faux pas.

Elle gémit doucement. Je tire de nouveau sur son short pour qu'elle puisse libérer ses jambes et les écarter. Quand je glisse le majeur entre ses cuisses, son nectar est abondant.

Mon érection pousse douloureusement contre mon pantalon de smoking.

— Je vois que tu as bien préparé ta chatte pour moi.

— Mmm, confirme-t-elle.

— Je vais quand même devoir faire chauffer ton cul. Euh, ta croupe ? Ton séant ? Comment on disait, à l'époque ?

— Ma croupe, oui, dit Paloma avec un petit rire.

Je lui donne une claque un peu plus forte sur les fesses, cette fois.

— Tu ne riras pas longtemps, demoiselle.

Comme elle se crispe, je trace de lents cercles sur ses fesses jusqu'à ce que ses muscles se détendent. Puis je lui donne une longue caresse entre les jambes.

— Quand j'en aurai fini avec toi, tu seras prête à accueillir ma grosse queue de Viking.

Je glisse le bout de mon majeur dans son entrée pour l'étirer.

Elle gémit à nouveau, creusant le bas du dos et soulevant les fesses pour en avoir encore.

Mon majeur s'enfonce jusqu'à la première phalange.

— Gentille fille, la complimenté-je.

— Je croyais que j'étais une vilaine fille.

— Oh, tu la veux vraiment cette fessée, hein ?

J'ôte mon doigt et lui donne ce qu'elle souhaite, en commençant par des tapes fermes et rythmées sur une fesse, puis l'autre, en bas, là où elle s'assoit.

— Oh ! Aïe !

L'une de ses mains se plaque sur son derrière, et je la laisse m'interrompre. Je place ma main sur la sienne et la serre.

— Mmm, gémit-elle langoureusement.

— Tu comptes t'enfuir à nouveau, princesse ?

Je m'attendais à ce qu'elle ait eu sa dose de correction, mais elle répond avec insolence :

— Oui.

Je ris et glisse de nouveau les doigts entre ses jambes.

— Puisque c'est comme ça, je vais te baiser bien comme il faut, comme un Viking.

Mon majeur la pénètre plus facilement, désormais. Son corps se prépare à m'accueillir. J'arrive à l'enfoncer jusqu'à la deuxième phalange, puis tout entier.

Paloma gémit.

Je vais et viens en elle, puis je retire mon doigt et étale son nectar sur son clitoris. Elle se tortille sur mes genoux, ses fesses rouges et rebondies m'offrant un spectacle ravissant.

*Revendique. La.*

Mon ours est fou. Il est resté enfermé trop longtemps. Non seulement je ne le laisse jamais sortir, mais je n'ai pas couché avec assez de femmes, ces dernières années. Maintenant que j'ai une beauté nue sur mes genoux, il veut que je la marque.

Je mouille mes doigts entre ses jambes et caresse son entrée de derrière. Elle serre les fesses pour m'empêcher d'entrer.

— Pour une vraie baise façon Viking, je dois te prendre par tous les trous, dis-je en assénant une claque à sa fesse droite. Dans ta chatte... les Vikings disaient chatte ? Dans ta petite fleur...

Paloma rit.

— Mon fourreau.

— Ah, voilà, c'est ça que je veux baiser. Ce fourreau qui ressemble à une pêche bien juteuse.

Je caresse sa fente d'un air appréciateur, puis je donne une claque à son autre fesse.

— Et ensuite, ce beau cul rebondi. Ta croupe, je veux dire.

Elle se contracte de nouveau.

Je n'ai pas réellement l'intention de prendre sa virginité anale ce matin, mais j'improvise, et c'est sorti tout seul, alors je continue sur ma lancée.

— Et le troisième trou, c'est quoi ? demande-t-elle.

Je lui donne une autre tape.

— Quelle innocence, ma jolie colombe. Ta bouche.

Je lui donne plusieurs claques à la suite jusqu'à ce que sa peau soit chaude et bien rose. Puis je la récompense d'une caresse entre les cuisses.

— Le troisième trou, c'est ta bouche, poursuis-je. Je vais peut-être commencer par là.

Cette fois non plus, je ne suis pas sérieux. Jamais je ne ferais avaler mon membre à une vierge enfermée si long-temps dans une tour et qui, avant aujourd'hui, n'avait sans doute jamais embrassé un homme. Ça pourrait la terroriser.

J'arrive à glisser le doigt en elle avec aisance, désormais, et je vais et viens, ce qui semble la rendre dingue. Elle gémit et fait onduler son pelvis sur mes genoux, faisant perler du liquide préséminal au bout de mon érection, sous mon boxer.

— D'accord, princesse, dis-je en ôtant le doigt et en lui donnant une dernière tape sur le derrière. L'heure est venue de te faire prendre par le Viking.

Je me lève, la prends dans mes bras et la porte jusqu'à la chambre, où j'ai eu le plaisir de monter la garde pour la protéger ce matin.

Je la jette au centre du lit et sors le nœud papillon que j'avais fourré dans ma poche de pantalon.

Ses cheveux bruns tombent en éventail sur ses épaules. Après sa fessée, elle a les joues rouges et les yeux brillants.

Ses lèvres pulpeuses me donnent très envie de les embrasser.

Elle recule sur le lit, comme si elle s'apprêtait à fuir de nouveau. Je sais qu'elle fait ça pour jouer, car elle a un petit sourire en coin.

Je tire sur les extrémités du nœud papillon et fais claquer le tissu. Dès qu'elle tente de bondir du lit, je la rattrape par la cheville et la traîne vers moi.

— Où crois-tu aller, ma jolie colombe ?

Je saisis ses poignets et les attache ensemble pendant qu'elle m'étudie de son regard plein d'intelligence.

— Comment tu sais que mon prénom signifie colombe ? Tu parles espagnol ?

Je hoche la tête.

— Pas très bien. Mais j'ai des notions dans une douzaine de langues.

Elle hausse aussitôt les sourcils.

— Je parle même viking, dis-je avec un clin d'œil.

Elle rit, comme je l'espérais. Je sais que les Vikings parlaient norrois, bien sûr.

Je déboutonne ma chemise. Elle était déjà ouverte au col et à moitié sortie de mon pantalon, froissée après notre fuite précipitée et la nuit. Paloma s'assoit sur le lit pour m'observer.

Quand j'enlève ma chemise, elle frotte ses lèvres l'une contre l'autre et admire ma poitrine poilue. Je déboutonne mon pantalon de smoking et le fais glisser le long de mes jambes en même temps que mon boxer en soie. Mon membre jaillit, au garde-à-vous. Prêt à passer à l'acte. Il pulse presque en continu depuis qu'elle l'a caressé à travers mon pantalon, dans la voiture. À présent, il est tellement dur que j'ai peur qu'il se casse.

Paloma le regarde, et bien que ses yeux s'écarquillent à

nouveau, elle ne semble pas effrayée. Bien sûr, elle ne se rend peut-être pas compte de ce qui l'attend.

Je grimpe sur le lit et saisis ses poignets liés. Je les lève au-dessus de sa tête, puis m'en sers pour la coucher lentement sur le dos. Je la maintiens en place et lui donne un long baiser, très lent.

— Mmm, gémit-elle en se trémoussant.

Son corps est moelleux, pulpeux. J'adore ses courbes. Avoir les mains pleines de sa chair.

Je palpe l'un de ses seins. La bouche collée à son téton, je fais rouler ma langue dessus, avant de le sucer avec force. Je laisse mes dents l'effleurer avant de le lâcher et de passer au deuxième.

*Revendique-la.*

Mon ours se démène pour attirer mon attention, mais je n'ai pas le temps de m'occuper de lui. Toute ma concentration est focalisée sur le corps sublime de Paloma.

Je descends et lui écarte les genoux afin de lécher son sexe délicieux. Elle est toujours trempée après sa fessée, et son goût de miel me pousse presque à me métamorphoser sur-le-champ.

*Non.* Je repousse mon ours encore plus sauvagement qu'avant. Je cligne des yeux pour qu'ils reprennent leur apparence normale.

*Pas normale*, grogne mon ours.

Je claque la porte de sa cage, comme j'ai appris à le faire en emménageant à Manhattan. Je le réprime, l'enfouis dans une toute petite boîte au fond de mon ventre pour qu'il ne puisse pas se libérer.

Je dois pouvoir me concentrer sur Paloma. Elle a un fantasme à réaliser, et je tiens à ce que tout soit parfait pour elle.

Ma langue glisse sur ses petites lèvres avant de tourner

autour de son clitoris. C'est du boulot, mais je parviens à continuer d'aller et venir en elle avec mon pouce tandis que je suçote son clitoris.

Elle halète et fait en sorte de m'accueillir. Je ne ressens pas la moindre résistance, cependant. Pas de barrière à déchirer. Elle est serrée, c'est tout.

— Tu arriveras à prendre ma grosse queue de Viking, petite colombe ?

L'investisseur de Wall Street a disparu, remplacé par l'ours sauvage et brutal du Nouveau-Mexique. Mais je suis censé être un Viking, pas un ours.

Jamais un ours. Je ne peux pas régresser jusqu'à l'époque où mon animal maîtrisait plus mon corps que moi.

— Non, répond Paloma en secouant la tête.

L'espace d'un instant, je crois qu'elle est sérieuse, puis je réalise qu'elle joue toujours le jeu, qu'elle veut que je la maintienne. Que je l'oblige à accepter ce qu'une vierge innocente ne ferait jamais de son plein gré.

Je le sais, car elle est théâtrale. Elle secoue violemment la tête et me repousse avec ses poings liés, alors même que ses jambes tentent de m'attirer vers elle.

— Ton mot de sécurité, c'est *Bad Bear*, lui dis-je avant d'avoir pu me censurer.

Je ne dévoile jamais rien sur moi. Et surtout pas le nom de la montagne d'où je viens, ou de l'animal qui représente ma véritable nature.

Mais Paloma est différente.

*Compagne*, insiste mon ours.

Elle hoche aussitôt la tête, me confirmant que son *non* n'était pas authentique.

Je lui écarte davantage les genoux pour m'y glisser, et je place un coussin sous ses fesses.

— Ça, c'est pour pouvoir te prendre bien profond, l'avertis-je.

— Je ne me soumettrai jamais ! s'exclame-t-elle, comme la princesse captive qu'elle prétend être.

Je hausse un sourcil sévère.

— Oh que si, ma jolie captive. Tu te soumettras toutes les nuits, jusqu'à ce que ton ventre accueille un gros bébé viking.

Paloma lâche un rire essoufflé. Le poids de ses seins les fait tomber sur les côtés. J'ai envie d'idolâtrer son corps pour le restant de mes jours.

Je donne une petite claque à l'un de ses seins. Pas assez fort pour lui faire mal, mais assez pour la surprendre. Ses yeux se tournent brusquement vers mon visage et y restent braqués, comme si elle m'observait pour déterminer ma prochaine action.

Je repense à ce que j'ai dit, et je réalise que je ne veux pas vraiment lui donner un gros bébé viking. Enfin si, mais elle n'en a peut-être pas envie.

Je pointe un doigt sur elle.

— Pas un geste, princesse.

Je descends du lit pour chercher un préservatif dans mon portefeuille.

Elle en profite pour filer, roulant de l'autre côté du lit.

Avec un sourire menaçant, je lui barre la route.

— Tu es cernée, princesse.

Elle se jette sur le matelas et roule de l'autre côté. Je dois bien admettre qu'elle est maligne, courageuse et agile.

J'ai du mal à imaginer comment Thompson a réussi à la garder prisonnière toutes ces années. Je trouve étrange qu'une femme aussi intelligente, têtue et audacieuse qu'elle n'ait pas trouvé d'échappatoire plus tôt.

Mais moi, elle ne m'échappera pas. Je suis un ours. Les

gens s'imaginent que nous sommes lents et patauds, mais chacun de nos mouvements est si puissant que nous sommes capables de parcourir de grandes distances en un instant. D'un seul pas, j'arrive de l'autre côté du lit et l'attrape au vol.

Elle pousse une exclamation dans mes bras et me dévisage de ses grands yeux bruns.

Je dois lutter contre le sourire qui fait frémir mes lèvres tandis que je fais mine d'être mécontent.

— Voilà qui te vaudra une autre fessée, princesse.

Je la jette sur le lit et la fais rouler sur le ventre, le coussin parfaitement placé sous son bassin pour m'offrir son derrière.

Je lui assène quelques tapes, et elle pousse un petit cri. Je m'interromps et caresse sa chair pour l'apaiser.

— C'est ça que tu voulais, princesse ?

Je pétris ses fesses avant de leur donner trois claques supplémentaires.

— Tu avais besoin de sentir ma paume sur ta croupe ?

— Non, chevrote-t-elle.

— Menteuse.

Je la fais rouler sur le dos et glisse le pouce dans sa fente pour m'assurer qu'elle est assez mouillée et étirée pour m'accueillir. Mon sexe est douloureux. J'ai envie de m'enfoncer dans sa chatte parfaite.

Mais c'est sa première fois, et je dois y aller lentement.

— Maintenant, je vais te revendiquer, annoncé-je.

Nous savons tous les deux que je joue un rôle. Mais bon sang, ces mots me semblent si naturels !

Elle frémit à mon contact.

Je déchire l'emballage du préservatif et l'enfile.

— Je vais te donner du plaisir, princesse. Laisse-toi aller et laisse-moi faire.

* * *

*Paloma*

Darius se penche sur moi, ses muscles puissants crispés tandis qu'il prend appui sur une main.

Il me touche, et je n'aurais jamais imaginé que ses doigts épais pourraient être aussi doux. Il écarte mes replis comme les pétales d'une fleur. Il m'a déjà donné deux orgasmes, donc je sais ce qu'il cherche à faire.

Je lève mes poings liés, et il les plaque au lit. Ses mouvements fluides et dominateurs, combinés à mon impression d'être maintenue, font monter la chaleur entre mes jambes.

— Oh, tu aimes ça, murmure-t-il.

Il taquine mon entrée, dont il fait lentement le tour avec son doigt.

— Comment tu le sais ?

— Tu es encore plus mouillée qu'avant.

Il plonge le doigt en moi, puis en ajoute un deuxième tout en me dévisageant. J'éprouve une sensation légèrement désagréable, suivie d'une nouvelle bouffée de chaleur quand mon corps s'habitue à l'intrusion.

Puis il plie le doigt et caresse ma paroi interne. Le rouge me monte aux jours, et j'entrouvre les lèvres. Mon bassin se lève tout seul tandis qu'il va et vient en moi.

— C'est bien, princesse.

Il me lâche les poignets pour ajouter un autre doigt. Je me contracte sur lui. Quelque chose monte profondément en moi. J'ai l'impression d'être proche du point de bascule, mais j'ai besoin d'un peu plus de stimulation pour arriver à mes fins.

— Encore, lui dis-je. Il m'en faut plus.

— Comme ça ?

Il ajoute un autre doigt, et j'ai envie de pousser le bassin vers l'avant pour l'accueillir plus profondément.

— Ça ne suffit pas, dis-je.

Il se retire, et je pousse une plainte. Il me montre ses doigts luisants, puis les referme autour de son sexe, sur le préservatif.

— Ça veut dire que tu es prête pour moi.

Il se rapproche, me couvre de son corps. Un mur de muscles emplit mon champ de vision. J'admire sa clavicule élégante, puis son torse et la base épaisse de son membre. Ce dernier est énorme, long et large, planté dans des poils dorés. Il le caresse et frotte son gland contre moi. Il est chaud et mouillé, et je sais que je serai bientôt satisfaite.

— Allez, dis-je en levant le bassin.

Il me saisit de nouveau les poignets.

— Doucement, petite colombe.

Mon pouls bat la chamade contre sa main.

Son gland large se presse contre mon entrée étroite, et je retiens mon souffle. Je ne l'encourage pas à s'enfoncer davantage, pas encore.

Puis il fait quelque chose d'inattendu : il baisse la tête et referme les dents sur mon cou. Il embrasse ma peau, qu'il chatouille avec sa barbe drue. Je frémis, et il lèche ma carotide. Cette sensation, combinée à celle de son membre épais qui me pénètre, suffit à faire entrer en éruption le volcan qui est en moi.

— Oh la vache, haleté-je.

Ma poitrine se soulève en rythme, mes tétons dressés me démangent. Je me cambre pour les frotter à son torse. Ses poils grattent contre ma peau sensible, et cette stimulation s'additionne à ma tension intérieure. Tout mon corps se met à vibrer, à trembler de manière incontrôlable.

Darius glisse vers l'avant, son entrée facilitée par mes fluides. Une douleur exquise. Mes jambes flageolantes encerclent ses hanches puissantes pour le pousser en moi.

Il est crispé, chacun de ses muscles bien définis. Sa mâchoire est contractée, comme s'il serrait les dents pour ne pas me conquérir trop vite. Une rougeur monte sur ses pommettes. Sous ses sourcils sévères, ses yeux prennent une lueur ambrée. C'est l'homme le plus beau que j'aie jamais vu. Il est à couper le souffle.

Je baisse les yeux. Son membre n'est qu'à moitié enfoncé en moi. Je serre les talons sur les fossettes qui surmontent ses fesses fermes. Il glisse une main sous les miennes et palpe ma chair endolorie. Il est précautionneux, mais ses doigts pleins de cals touchent un point sensible. La douleur me fait lâcher prise.

L'orgasme explose en moi. Je jouis, tremblante, et mes muscles internes ondulent sur son membre. Tout mon corps se crispe, comme s'il voulait que son sexe fasse partie de moi.

Darius grogne, un son qui vibre en moi et provoque de nouvelles secousses orgasmiques. Je halète, tente de reprendre mon souffle, quand il s'enfonce jusqu'à la garde. J'atteins de nouveaux sommets, et ma jouissance se prolonge, interminable.

Il baisse la tête et m'embrasse. Ses lèvres fermes bougent sur les miennes, me conquièrent, me dominent. Je gémis, et il glisse la langue dans ma bouche, en rythme avec son sexe. La tension se met à remonter délicieusement en moi.

— Tu es tellement bonne, princesse, susurre-t-il contre mes lèvres.

Je soupire, et il les mordille.

— Tu étais faite pour accueillir ma queue.

Seigneur. Est-ce que je jouis à nouveau ? Je crois que je n'ai jamais arrêté.

Il est profondément enfoui en moi et va et vient avec lenteur. Je bouge avec lui, laissant mon corps s'étirer pour qu'il puisse se coller à mes cuisses. Je ne savais pas que j'étais capable de laisser quelqu'un me pénétrer comme ça. Je ne me doutais pas que ce serait aussi agréable.

Les poils de son torse grattent contre ma chair tendre. Je me colle à lui pour amplifier la stimulation.

— Du calme, petite colombe. Je vais te donner tout ce qu'il te faut.

Il se hisse sur un coude et place une large paume sur ma gorge. Il la referme doucement, en rythme avec ses coups de reins. Ça devrait ressembler à une menace, mais ça me fait du bien, comme si au lieu de m'étrangler, il me libérait.

Mon sexe se contracte, enserre son membre, et il gémit. Il renverse la tête en arrière, ses cheveux sur le visage. C'est difficile à croire, mais ils lui arrivent aux épaules, désormais. Il ressemble à un vrai guerrier viking.

— Je vais jouir, dit-il les dents serrées.

Je plante mes ongles dans son dos, comme pour le marquer. Ses yeux prennent une lueur vive et inhumaine.

— Jouis avec moi, ordonne-t-il en pressant ma gorge plus fort.

Au même moment, il me donne un puissant coup de reins qui me propulse dans le plaisir. Le claquement de son corps contre le mien stimule mon clitoris. Des étoiles jaillissent derrière mes yeux.

Il grogne en éjaculant. Son membre pulse profondément en moi, emplissant le préservatif de son sperme.

— Paloma, gémit-il.

Je ferme les paupières, submergée par la révérence dans sa voix.

Il se retire et se dresse devant moi, glorieusement bronzé et sexy. J'ouvre les cuisses, dévoilant mon sexe fraîchement conquis. Son membre énorme est toujours dressé, luisant de mes fluides, et bon sang, j'ai envie qu'il me prenne par les cheveux et qu'il l'enfonce dans ma bouche. Qu'il m'oblige à goûter à nos essences mêlées.

— Désormais, tu m'appartiens, déclare-t-il d'une voix rauque. Répète.

— Je t'appartiens.

Je sais que ça fait partie du fantasme, que ce n'est pas réel, mais en prononçant ces mots, je sens le lien entre nous crépiter.

Le Viking m'a conquise. Et j'en veux encore.

# Chapitre Sept

P*aloma*

Darius tire sur le nœud papillon qui lie mes poignets pour les libérer. Il masse la marque rouge sur ma peau et embrasse mes doigts. Il disparaît un instant et revient sans préservatif, avec un verre d'eau qu'il me tend.

Je bois goulûment pendant que sa grande paume parcourt mon corps. Il m'a fait des marques partout. Ma poitrine est rose et irritée, et mes fesses sont toujours un peu rouges après ma punition. Il les caresse, et voir mon géant viking s'inquiéter pour un vague bleu sur ma hanche me rend toute chose.

Il place une main sur mon ventre, palpe mes courbes. Je devrais être gênée d'avoir du ventre, mais ce n'est pas le cas. Avec Darius, j'ai l'impression que mon corps est parfait comme il est.

— Tu te sens bien ? me demande-t-il.

— Mieux que bien. C'était... fantastique.

Toutes langues confondues, aucun mot ne peut décrire le plaisir que j'ai éprouvé.

— Merci, dis-je.

— C'était un honneur.

Il a l'air sérieux.

Je me penche en avant et lui embrasse le menton. Il prend mon visage entre ses grandes mains et plonge son regard dans mes yeux. Je lui rends la pareille, admirant ses iris gris pailletés d'or. Ils luisaient pendant l'amour, mais ce devait être un effet de la lumière. Et sa barbe était-elle si fournie, tout à l'heure ?

Mon ventre se met à gargouiller bruyamment, et le charme est rompu.

Darius rit et m'embrasse sur le front. Sa barbe me pique.

— Je vais voir si je trouve à manger pour ma princesse.

Je commence à me lever pour lui dire que je l'accompagne, mais il me fait rouler sur le flanc et me donne une tape sur le derrière.

— Reste là.

Je me blottis sur le lit moelleux, savourant la langueur de mes membres.

Pourtant, à l'instant où il disparaît derrière la porte, la réalité reprend ses droits.

Je me suis bien amusée. J'ai choisi à qui je donnais ma virginité, et comment. C'était merveilleux. Mieux que je n'aurais pu l'imaginer.

Mais notre moment est terminé.

Thom a dû envoyer tous ses sbires à ma recherche. Sans parler du fait qu'il détient toujours ma sœur. Mon corps se glace quand je songe à ce qu'il risque de faire à Wren s'il n'a pas de mes nouvelles bientôt. Pour l'instant, elle est en voyage avec la chorale de son école, mais il pourrait l'enlever et mettre ses menaces à exécution.

Je veux être libre, mais je ne suis pas prête à échanger ma vie contre la sienne.

Et je ne veux pas non plus avoir la mort de Darius sur la conscience.

Il faut que j'agisse. Je me lève et enfile la chemise noire de Darius par-dessus mon pyjama ultra-court. Je fouille dans son pantalon, mais je ne trouve pas les clés de voiture.

Tant pis. Dans le quartier, il n'y a que des maisons de vacances, mais il doit bien y avoir du passage sur la route principale. Il me suffit de mettre la main sur un téléphone pour appeler Thom et déjouer la bombe à retardement.

Le temps presse.

J'entends Darius sur le porche qui donne sur l'océan. Il est au téléphone.

— Merci, mon pote, dit-il. C'est sympa.

Il se détourne, face à la mer.

J'en profite pour traverser la maison à toute allure. Il y a une porte coulissante dans la cuisine, et je me rue dessus, mais je m'arrête net en voyant un jeu de lumière sur du métal. J'ai trouvé les clés de voiture.

Je prends le temps de griffonner une brève explication pour Darius.

***Merci de m'avoir sauvée, mon cher Viking, mais je dois rentrer. Je passerai un marché avec Thom pour te protéger, ou je le convaincrai qu'il s'agissait d'une simple escapade alcoolisée.***
***Besos,***
***Paloma***

En me faufilant hors de la maison, j'hésite. Je ne sais pas conduire, car Thom ne m'a jamais autorisée à apprendre. Dommage qu'il n'y ait pas d'écurie. Je suis bien plus à l'aise à cheval.

Mais conduire ne doit pas être bien compliqué, si ?

J'appuie sur le bouton qui ouvre le garage. Aïe ! Je ne m'attendais pas à ce que la porte soit si bruyante. Darius va l'entendre, c'est certain. Je me précipite vers la voiture, me glisse derrière le volant et rapproche le siège pour que mes pieds atteignent les pédales.

Mais comment marche la télécommande sans clé ? J'appuie sur tous les boutons jusqu'à ce que le moteur rugisse, puis je mets le levier de vitesse en marche arrière. Ou plutôt, j'essaye. Il ne bouge pas. Je secoue la poignée.

Mon pied appuie sur l'une des pédales, et soudain, le levier cède.

Le cœur battant, je presse la pédale et le levier de vitesse en même temps.

Rien.

Bon, d'accord. Une autre pédale. Je l'écrase.

Cette fois, ça marche. La voiture fait un bond, et les pneus crissent sur le béton tandis que je sors du garage beaucoup trop vite.

Je percute quelque chose.

Eh, merde.

*Merde !*

Je me plaque une main sur la bouche. C'est Darius.

J'ouvre ma portière à la volée, mais la voiture fait un nouveau bond.

Darius a les paumes à plat sur le pare-chocs arrière, et pour empêcher la voiture de reculer, il a soulevé ses roues arrière.

— Mets-la au point mort ! C'est au milieu, aboie-t-il.

Je place le levier de vitesse au centre, et la voiture rue à nouveau, puis s'arrête.

Darius repose les roues arrière tandis que je redescends. Il hausse un sourcil sexy.

— Tu allais quelque part, princesse ?

Je retiens mon souffle et me demande si je dois tout lui dire ou lui mentir.

Non, il mérite la vérité. Je ne veux pas qu'il joue les héros pour moi et que cela lui coûte la vie.

— Je dois rentrer.

* * *

*Darius*

— *Quoi ?*

Mon ours tente de se libérer de mon emprise. Il est complètement fou à l'idée que Paloma ait tenté de fuir.

Ou qu'elle puisse vouloir *rentrer*.

Il a envie de tout casser, de planter ses griffes dans les parois du garage.

— Non, dis-je avant qu'elle puisse s'expliquer. Hors de question que tu y retournes.

— Darius, tu ne sais pas tout. Thom a un moyen de pression sur moi.

Tout en moi se fige. Un frisson menaçant s'insinue sous la colère de mon ours.

— Comment ça ?

— Il a ma sœur. Il m'a dit que si je tentais encore de m'enfuir, elle mourrait.

Mes veines se glacent. Je serre les dents.

— Où est-elle ?

— Dans un pensionnat du Connecticut.

Je hoche la tête.

— Alors il nous suffit de la récupérer avant lui.

— *Non.* Tu ne comprends pas.

Mes mots ne l'ont pas rassurée.

— Explique-moi, alors.

— Les portables ne sont pas autorisés dans son école, et elle peut seulement se servir de leur intranet, du coup je ne peux pas la joindre.

— Dans ce cas, on n'a qu'à y aller. Le Connecticut n'est qu'à une heure d'ici.

— C'est plus compliqué que ça. Elle est en voyage en Irlande avec sa chorale, en ce moment. Il faut qu'on trouve un moyen de la trouver avant Thom.

Merde.

Paloma est toujours une guerrière. Ses mâchoires sont serrées avec détermination. Ses yeux lancent des éclairs de colère. Malgré son statut de princesse prisonnière, ce n'est pas une fleur fragile.

— En plus, je mourrai sans mes médicaments. On a deux jours avant que je fasse un arrêt cardiaque.

Mon ours tente de se libérer à coups de griffes, enragé.

*Reste à ta place.*

Merde. Son médicament à l'odeur toxique. J'aurais dû m'en souvenir.

— D'accord. On va trouver ton médicament. Comment ça s'appelle ? Mon frère est médecin. Il pourra te faire une prescription.

Elle secoue la tête.

— Il n'est pas sur le marché. Le Dr Handel l'a mis au point lui-même. C'est une sorte de mélange maison.

Je fronce les sourcils.

— Quel est ton diagnostic exact ?

— C'est une forme d'hémophilie.

— D'accord. On te trouvera un traitement. Et on mettra la main sur ta sœur.

Je regarde autour de moi, inquiet à l'idée d'être à découvert, surtout maintenant que la plaque d'immatriculation de la voiture volée est visible par tous les véhicules qui passent.

— Retournons à l'intérieur et mangeons quelque chose. On réfléchira mieux une fois le ventre plein.

Paloma regarde alentour, mais finit par hocher la tête, et mon ours me laisse respirer.

— Je te suis, dis-je. Je vais rentrer la voiture dans le garage.

Je passe un coup de fil à Kylie Jackson, une féline métamorphe et pirate informatique qui vit à Tucson. Dans le monde des métamorphes, elle est connue pour sa capacité à régler les problèmes.

Paloma a déjà sorti un sachet de pâtes aux fromages et une boîte de thon du garde-manger et met de l'eau à bouillir.

— Écoute, j'ai besoin d'un service, dis-je à Kylie après lui avoir rappelé qui je suis. C'est une question de vie ou de mort. J'ai besoin d'aide pour localiser une élève inscrite dans un pensionnat du Connecticut. Son école limite ses contacts avec l'extérieur, donc elle n'a pas de portable.

— Ça ne devrait pas poser trop de problèmes.

— D'accord, mais ce qui risque de te compliquer la tâche, c'est qu'elle est en voyage scolaire en Irlande.

— Pas de souci. L'immigration aura une trace de son entrée sur le territoire.

— Tu peux pirater l'immigration ?

— Bien sûr. Comment s'appelle-t-elle ?

Paloma est à côté de moi et écoute la conversation.

— Wren Castillo, intervient-elle.

— Wren Castillo, répète Kylie, qui a entendu Paloma grâce à son ouïe de métamorphe. Je vais voir ce que je peux trouver. Et l'un de mes contacts est en chemin pour vous déposer des provisions et des vêtements.

— Merci encore. Je t'en dois une, vraiment.

— Ça, c'est sûr, confirme Kylie.

Je ne suis pas inquiet à l'idée d'avoir une dette envers elle ou le loup qu'elle a pour compagnon. Les loups ne sont pas cinglés comme les vampires. Je suis en bons termes avec son compagnon, Jackson King, et avec un autre loup-garou milliardaire, Brick Blackthroat. Quant au cousin de ce dernier, Aiden Adalwulf, c'est une autre histoire. Lui est aussi tordu que Thom Thompson.

L'eau se met à bouillir, et Paloma vide le sachet de pâtes dans la casserole et met le minuteur sur huit minutes.

Je me glisse derrière elle et pose doucement les mains sur ses hanches.

— Il y a quelque chose que j'ignore, Raiponce ? Thompson fait du trafic d'esclaves sexuelles ? Il vend d'autres femmes aux enchères ?

Elle secoue la tête.

— Non.

— Il n'y a que toi ? Pourquoi maintenant ? Qu'est-ce que ta virginité a de si spécial ?

Paloma se tourne vers la cuisinière pour cacher son visage.

Je savais bien qu'elle ne m'avait pas tout dit. Elle cherche à me taire quelque chose.

Je me rapproche.

— Que mijote Thompson ? demandé-je à voix basse.

Elle pivote lentement vers moi. Ses paumes se pressent contre mon torse. J'ignore si elle cherche à me repousser ou si elle s'apprête à m'embrasser. Elle marque une hésitation.

— Tu peux me faire confiance, Paloma, quel que soit le problème. Je pourrai mieux t'aider si je comprends ce qui se passe.

Elle prend une inspiration et hoche la tête, comme si sa décision était prise.

— Tu connais le film où le petit garçon voit les morts ?

— *Sixième Sens* ? Ouais.

— Moi, je vois les entreprises mortes.

Je hausse les sourcils.

— Comment ça ?

— Ma première année de lycée, notre prof d'économie nous a donné pour exercice des simulations d'échanges boursiers. On a découvert que j'avais un talent pour ça. Je sais d'instinct quelles entreprises vont couler, et j'ai appris à faire des ventes à découvert.

— Au *lycée* ?

Paloma rit.

— Oui. Ma mère était tradeuse, donc j'avais la Bourse dans le sang. Elle était tellement fière de mon succès qu'elle a montré mes exercices à son patron.

— Thompson.

— Oui. Il a proposé de devenir mon mentor. Il voulait découvrir ma méthodologie. Bien sûr, je n'en avais pas. Je faisais ça d'instinct.

Son regard se voile, et elle croise les bras comme pour se protéger.

Je serre ses épaules entre mes mains. Pas étonnant que Thom possède le fonds d'investissement le plus florissant du monde. Il s'est dégoté une fille avec un sixième sens, et il en a fait son esclave.

— Nos parents sont morts dans un accident de voiture peu après. Ce week-end, Thom m'a révélé qu'il avait orchestré leur mort.

Elle frémit, et je la prends dans mes bras, sa joue contre mon torse.

— Bon sang, Paloma. C'est monstrueux.

— Ensuite, il m'a enfermée à double tour. Depuis, je fais des opérations en Bourse pour lui. Pour me dissuader de m'enfuir, il menaçait d'ôter sa liberté à Wren, et désormais, de lui ôter *la vie*. J'ai à peine le droit de lui parler. Mon seul plaisir, c'est notre appel vidéo du dimanche.

Elle hausse les épaules.

— Et monter Starlight le week-end.

Elle tourne ses grands yeux marron vers moi.

— Et les romances historiques. Tu sais... imaginer qu'un Viking gigantesque s'empare de ma virginité.

Je souris face à sa plaisanterie pleine de séduction, mais je me renfrogne vite en réalisant l'horreur qu'était sa vie. Je ne sais pas comment elle fait pour en parler de ce ton léger.

— Alors la vente aux enchères ne concernait pas seulement ta virginité.

— Non, je devais être louée pour mes talents de tradeuse, avec de fausses fiançailles au gagnant pour couvrir l'opération. Ces fiançailles devaient être rompues au bout d'un an, et le gagnant m'aurait rendue à Thom. Jeudi soir, j'ai essayé de m'évader, mais j'ai été rattrapée. C'est là que Thom m'a dit qu'il tuerait Wren si je recommençais. Et c'est hier soir qu'il m'a annoncé que la vente aux enchères incluait ma virginité. Son intention est de me *reproduire* pour obtenir une nouvelle génération de traders doués.

— C'est... répugnant. Complètement tordu.

— Je croyais que tu faisais partie des hommes qui comptaient enchérir sur moi.

— Je n'étais pas au courant. J'espère que tu me crois.

— Maintenant oui. J'ai de bons instincts. J'espérais secrètement que tu gagnerais, parce que quelque chose chez toi me rassurait.

Mon cœur s'emballe. Comment cette humaine a-t-elle pu devenir aussi vite le centre de mon univers ?

— Tu es en sécurité avec moi. Je ne te laisserai jamais retourner à Lockepoint. On va chercher ta sœur et ton traitement. Ensuite, on trouvera le moyen de faire tomber Thom Thompson une bonne fois pour toutes.

Mon ours gronde son approbation. Je le fais taire et me frotte le ventre, espérant faire croire que c'est mon estomac qui gargouille.

Le minuteur sonne, et Paloma égoutte les pâtes. Elle y ajoute le fromage fourni dans l'emballage, avec la crème qu'elle a ouverte ce matin pour notre café.

Je mets la main sur un ouvre-boîte et ouvre le thon qu'elle a sorti. Nous le mélangeons aux pâtes pour un déjeuner improvisé.

— J'ai l'impression d'être de nouveau à la fac, dis-je après avoir goûté au plat, mangé à même la casserole.

Puis je me souviens que Paloma n'est pas allée à l'université, et mon ours manque de faire surface. Je serre les dents et penche la tête, luttant pour le repousser.

— Ah bon ? Tu étudiais où ? me demande Paloma.

Elle se sert un bol et va s'asseoir à la table du petit-déjeuner, nichée devant une fenêtre qui donne sur la mer. Elle est trop occupée à manger pour remarquer ma lutte intérieure.

Je la suis avec la casserole.

— J'ai commencé par une petite fac près de là où j'ai grandi. Ensuite, l'école d'économie de Columbia.

Mon ours s'est assez retiré pour que je me remette à manger.

— Et tu as grandi où ?

Je n'aime pas parler de mon enfance, mais avec Paloma, me dévoiler paraît naturel.

— Au Nouveau-Mexique. À la montagne.

— Je ne suis jamais allée à la montagne. J'en ai toujours eu envie.

J'ai envie de tuer Thom, pour tout ce qu'il lui a volé. Mes dents me font mal, elles s'allongent ; mon ours est prêt à arracher la tête de quelqu'un. Au sens propre.

— Un jour, tu pourrais peut-être m'y emmener, dit-elle.

Mon cœur bat deux fois plus vite. Elle imagine un avenir pour nous. Sauf que… je suis dangereux pour elle. Surtout sur le long terme. Mon ours est déjà difficile à maîtriser en sa présence.

— Peut-être.

Je déteste me montrer aussi ambivalent, mais je me suis juré de ne plus jamais rentrer chez moi. C'est trop risqué. Quand la nature est proche, mon ours devient plus fort. Il pourrait prendre le contrôle et ne jamais me le rendre.

Le visage de Paloma se ferme. Elle termine son bol, puis va le rincer dans l'évier.

— Bon, essayons d'abord de sauver Wren des griffes de Thom. Ensuite, qui sait ? Il faudra qu'on se cache.

Je ne peux pas ignorer la détermination indéfectible dans sa voix et, en dessous, une note de désespoir. Je la rejoins et la contourne pour mettre la casserole dans l'évier. Je l'aide à finir la vaisselle, puis je pose les mains à plat sur le plan de travail pour l'emprisonner.

— Tout va s'arranger, lui murmuré-je à l'oreille.

— Comment tu le sais ?

— Je vais te protéger.

Je repousse ses cheveux pour dévoiler sa nuque. Une odeur d'orchidée s'élève de sa peau, et j'en ai l'eau à la bouche.

*Revendique-la.*

Cet instinct me secoue avec plus de conviction, cette fois. Je serre les doigts sur le plan de travail pour ne pas l'étreindre. Il n'y a pas que mon ours qui lutte pour prendre les rênes. J'ai l'impression que c'est moi tout entier.

Comme si Paloma était véritablement ma compagne destinée.

*Bon sang.*

Ça doit être vrai.

Cela expliquerait pourquoi je viens de mettre en péril mon entreprise et tout ce pour quoi je me suis battu à Wall Street pour la sauver. Mais ça ne change rien.

Je ne peux pas revendiquer une humaine. Mon ours est trop sauvage. Je ne me suis d'ailleurs jamais autorisé à avoir une vraie relation, de peur de perdre le contrôle.

Tout ce à quoi je peux prétendre, en ce moment, c'est cette proximité avec elle, profiter de la chaleur et du réconfort de cette femme merveilleuse. Paloma colle son dos à mon torse. Sa tête ne m'arrive même pas au menton. Je referme les bras sur elle et savoure cette étreinte.

— J'aimerais...

— Qu'est-ce que tu aimerais ?

Au lieu de me répondre, elle agrippe le plan de travail et pousse une petite plainte. Elle se voûte contre moi.

Je la fais pivoter. Son regard est éteint.

— Paloma ?

— Je ne me sens pas très bien...

Ses yeux deviennent blancs, et elle s'affaisse.

— Paloma !

Je la porte jusqu'au canapé et l'y allonge. Elle est inconsciente, et quand je soulève l'un de ses bras, il retombe, tout mou. Je prends son pouls, mais il bat de façon irrégulière contre mes doigts.

Elle m'a prévenu qu'elle était malade et qu'elle avait besoin d'un traitement pour ne pas s'écrouler. Je croyais que nous aurions plus de temps devant nous.

Il faut que je la conduise chez un médecin, un médecin de confiance.

Une seule personne sur terre correspond à cette description.

Je sors mon portable et appelle Sully.

— J'ai besoin d'un autre service. C'est une urgence.

Je lui explique mon plan tout en mettant Paloma dans la voiture, et Sully promet de tout organiser.

— Tiens bon, princesse.

J'attache sa ceinture et lui donne un baiser sur le front. Sa peau est moite.

Je bats un record de vitesse jusqu'à la minuscule piste de décollage où nous attend un jet privé commandé par Sully. De là, nous nous envolerons pour le Nouveau-Mexique.

Il ne me reste plus qu'un appel à passer.

— Darius ? C'est toi, mon frère ?

— Matthias.

Je me prépare à subir ses foudres, mais il semble seulement curieux.

— J'ai besoin d'aide. Je vais t'amener quelqu'un. Une humaine. Elle a besoin d'un médecin. Elle... compte pour moi.

Il y a un silence. Il ne dure sans doute que quelques secondes, mais j'ai l'impression que ça prend des années. La poitrine de Paloma se soulève à chaque respiration difficile.

Enfin, Matthias demande :

— Est-ce que ça veut dire que...

J'interromps mon exil volontaire pour retourner là où j'avais juré de ne plus mettre les pieds.

À la montagne de Bad Bear.

— Oui, mon frère. Je rentre à la maison.

# Chapitre Huit

*P*aloma

Le bruit de petits coups frappés me réveille. J'entrouvre les paupières et plisse les yeux face à la lumière vive. Les ombres floues se définissent et deviennent une paire de rideaux verts encadrant une vitre qui laisse passer un soleil radieux.

J'ai un peu mal à la tête, et ma poitrine est douloureuse, mais sinon, je me sens plutôt bien. Je bouge les membres, et tout semble fonctionner.

Je m'assois. Je suis dans un grand lit qui encombre une pièce minuscule. Les murs sont composés de rondins, et le sol de planches de pin dégrossi couleur miel. Je repousse la lourde couverture et remarque que le drap vert est assorti aux rideaux et orné de petits ours bruns.

Le seul autre meuble est une table de chevet surmontée d'une lampe. Il y a aussi une poche pour intraveineuse remplie d'un liquide transparent. Un pansement dans le creux de mon coude m'apprend que quelqu'un y a planté une aiguille à un moment donné.

Il n'y a aucune trace de Darius ou de qui que ce soit

d'autre. Je suis dans une cabane en rondins de bois qui sent le pin et la fumée, et quelqu'un a joué les médecins avec moi.

J'ignore ce qui se passe, mais j'ai bien l'intention de m'échapper. Comme des voix murmurent derrière la grande porte close, je sors les jambes du lit pour me diriger vers la fenêtre.

Je suis obligée de m'arrêter et de fermer les yeux le temps qu'un vertige passe. M'a-t-on droguée ? Ou suis-je simplement affaiblie par les médicaments ?

Dès que je me sens prête, je me lève. Je ne porte qu'une chemise en flanelle délavée. Elle n'est qu'à moitié boutonnée, et si ample que quand je me mets debout, elle m'arrive à mi-cuisse.

Toc, toc, toc, fait quelque chose à la fenêtre. Je m'y rends sur la pointe des pieds et me retrouve face à la tête noire d'un corbeau qui donne des coups de bec à la vitre épaisse. Il penche la tête sur le côté et lâche un croassement, avant de s'envoler à tire-d'aile.

Bizarre.

La fenêtre donne sur un champ envahi par la végétation et bordé de pins. Derrière les arbres enneigés se succèdent plusieurs montagnes, majestueuses sous un beau ciel bleu.

C'est époustouflant. Et terrifiant. Comment suis-je arrivée là ? Combien de temps suis-je restée inconsciente ?

Un léger courant d'air filtre par des fissures dans le cadre de la fenêtre. Avec un frisson, je fais un pas en arrière, mais pas avant qu'une ombre gigantesque tombe sur moi. Je ne comprends pas ce que j'ai sous les yeux, jusqu'à ce qu'une grosse tête poilue se penche et que la créature m'observe avec de petits yeux noirs.

Je pousse un hurlement et m'éloigne de la fenêtre. Je n'ai encore jamais vu d'ours, à part au zoo, et voilà que j'en ai un juste devant moi, en train de me regarder comme s'il s'apprêtait à briser la vitre d'un coup de patte pour me dévorer.

Derrière moi, la porte s'ouvre à la volée.

— Paloma ?

C'est Darius. Je me dirige vers lui d'un pas vacillant, et il me soulève dans ses bras.

— Qu'est-ce qu'il y a ? Qu'est-ce qui ne va pas ?

— Oh !

Je tente de reprendre mon souffle, gênée d'avoir hurlé à la mort. Je pointe la fenêtre du doigt.

— Il y avait un ours. Il regardait par la vitre.

L'animal a quitté son poste, mais je le vois traverser le champ enneigé d'un pas lourd. Il est énorme. Je ne savais pas que les ours pouvaient être aussi gros.

— Ne t'inquiète pas, me rassure Darius. Il a sans doute plus peur de toi que l'inverse.

— Tu peux me reposer. J'étais surprise, c'est tout.

Darius semble réticent à l'idée de me poser sur le parquet en bois dégrossi de la petite cabane, mais il s'exécute. Je regarde l'ours atteindre le fond du champ et se dresser sur ses pattes arrière. Une petite forme noire fond sur lui et se pose sur son épaule. C'est le corbeau.

*Hein ?* Pourquoi ai-je l'impression d'être dans un conte de fées ? Je suis passée de Raiponce à Blanche-Neige.

Les deux créatures disparaissent parmi les arbres.

— Euh... où est-on ? demandé-je en me tournant vers Darius.

Il est rasé de près, à présent, et s'est débarrassé du smoking qui me mettait dans tous mes états. Il reste beau à tomber, mais dans un genre différent : il est pieds nus, en jean et épaisse chemise de flanelle. Ses carreaux bleu clair et beiges sont assortis à ceux de la chemise que je porte.

— Au Nouveau-Mexique. À la montagne de Bad Bear.

J'ai tellement de choses à assimiler que j'ai la tête qui tourne. Mon dernier souvenir, c'est d'être dans la cuisine d'une maison face à la mer de Rhode Island. Et voilà que nous sommes à plus de trois mille kilomètres de là à... a-t-il dit la montagne de *Bad Bear* ?

— Pourquoi ? bredouillé-je en me souvenant que *Bad Bear* est aussi le mot de sécurité qu'il m'a donné.

On doit être chez lui.

— Tu as perdu connaissance, alors j'ai dû t'emmener chez le médecin.

— Au *Nouveau-Mexique* ?

— Un médecin de confiance.

— Ah, c'est vrai. Ton frère.

Tout me revient, à présent. Il m'a dit que son frère pourrait me prescrire quelque chose.

— Oui.

— Est-ce qu'il a... trouvé le médicament adéquat ?

L'expression de Darius se trouble.

— Je vais le laisser te dire ce qu'il a découvert.

Je cligne des yeux.

— Non, dis-moi, toi. Qu'est-ce qu'il y a ?

— Viens.

Darius me prend par la main et me mène hors de la chambre minuscule, jusqu'au salon de la cabane.

Un feu brûle dans le poêle, et la pièce est chaleureuse. Un homme est assis à la table de la cuisine, vêtu d'une chemise blanche impeccable et de lunettes à monture noire. En nous voyant arriver, il se lève, et je réalise qu'il est encore plus grand que Darius. Mais à part leur stature, ils ne se ressemblent pas du tout. S'ils ont un lien biologique, je doute qu'ils soient frères. Il a la peau très foncée et est plus fin que Darius.

— Paloma, dit-il d'une voix aussi grave que celle de mon Viking. Je suis content que tu sois réveillée.

— Je te présente mon frère Matthias, dit Darius en me poussant doucement en avant d'une main rassurante.

Je serre la main de Matthias.

— Merci de m'avoir soignée.

— Je t'en prie. Tu te sens mieux ?

— Je suis un peu faible et étourdie, admets-je. Tu as pu découvrir quel médicament me donner ?

— Justement, à ce sujet...

Il a la même expression troublée que Darius.

— Quoi ?

Je regarde les deux hommes tour à tour. Mes bras couverts de chair de poule me disent que quelque chose cloche sérieusement.

Ma maladie est peut-être fatale, pire que ce que m'a dit Thom. Si ça se trouve, c'est pour ça qu'il voulait me reproduire, pour s'assurer qu'après ma mort, quelqu'un reprenne le flambeau.

Mon estomac se serre, et une vague de nausée monte en moi. Quand je vacille, Darius glisse un bras autour de ma taille, sa grande paume sur ma hanche pour me stabiliser.

— Paloma, je ne pense pas que tu sois malade, annonce Matthias en ajustant ses lunettes. J'ai découvert une grande quantité d'anticoagulants dans ton organisme, ainsi que des composants susceptibles de causer des vertiges et une fatigue intense.

— Des anticoagulants ? Mais ce n'est pas le bon traitement contre l'hémophilie.

— Non, en effet, dit Darius d'un ton sinistre.

Je le regarde sans comprendre.

— Paloma, je pense que la substance que t'administrait ton médecin n'était pas destinée à soigner une quelconque maladie, intervient Matthias. Je pense qu'il s'agissait d'un poison ayant pour but de te rendre dépendante.

— Et l'hémophilie, alors ?

Matthias secoue la tête.

— Tu n'es pas hémophile. Je t'ai donné une dose d'un médicament que je mets au point ici, et qui accélère la guérison. Il t'aidera à combattre les effets du poison, et ensuite, seul le temps nous en apprendra plus. À mon avis, tu recouvreras la santé.

J'ai toujours trouvé que j'étais forte. Il le fallait, pour soutenir Wren. Je ne perds jamais mon temps à pleurer ou à me morfondre sur mon sort. Mais des larmes de rage brouillent ma vision face à cette nouvelle trahison.

— Je... je ne suis pas malade ? Je ne l'ai jamais été ?

La petite cabane est soudain trop chaude et étouffante pour moi.

Une larme brûlante roule sur ma joue avant que je puisse la retenir.

Darius m'étreint, debout derrière moi.

Je le repousse, cependant. Je suis trop en colère pour laisser qui que ce soit me toucher pour l'instant.

— J'ai besoin...

Je regarde désespérément autour de moi.

Darius me regarde d'un air inquiet.

— Qu'est-ce que tu veux, princesse ? Tu n'as qu'un mot à dire, et je te donnerai ce qu'il te faut.

Je n'en peux plus de me sentir prisonnière.

— J'ai besoin de sortir, d'aller faire un tour.

— Bien sûr. On va te trouver un pantalon.

Darius me tend la main, puis laisse sagement retomber son bras avant de se diriger vers la chambre. Je le suis.

— Je t'aurais plutôt suggéré de te reposer, de manger et

de t'hydrater, mais prendre l'air, c'est bien aussi, dit Matthias derrière nous avec douceur.

Dans la chambre, Darius ouvre les tiroirs et gronde en fouillant parmi les vêtements.

— C'est la maison de Matthias ? demandé-je.

Il sort un jogging.

— Non. C'est la maison d'amis.

— C'est ta cabane, mon frère, lance son frère, toujours dans le salon.

Apparemment, le son porte bien, ici, malgré les épais murs en bois.

Darius secoue la tête d'un air agacé.

— Ce n'est pas chez moi, lance-t-il en retour.

Il me tend le jogging.

— Il est beaucoup trop long, mais il y a un cordon pour le fermer à la taille. On peut aller chez Teddy, Lana te prêtera quelque chose.

J'enfile le jogging, toujours impatiente de sortir.

— Qui est Lana ? demandé-je d'un ton impérieux, comme si Darius était un ennemi m'ayant caché des choses.

Je sais bien que c'est faux, que je peux lui faire confiance, mais après avoir découvert que Thom a passé des années à m'empoisonner, j'ai besoin de sentir que j'ai le contrôle, que j'ai toutes les informations nécessaires, que je suis indépendante. Je n'ai plus envie de jouer les prisonnières innocentes. Désormais, c'est moi la guerrière en maraude, et Thom Thompson va payer pour tout ce qu'il m'a fait subir.

— Ma belle-sœur, répond Darius.

— Alors Teddy, c'est ton frère.

— Ouais.

— Tu as deux frères ?

— Sept.

Je quitte des yeux les cordons que j'étais en train de nouer pour le regarder avec surprise.

— Ouah. Je plains tes parents. Je parie que vous deviez chahuter, quand vous étiez petits.

— J'ai juste une mère. Elle nous a adoptés tous les huit. Et oui, chahuter, c'est un euphémisme.

Je me calme déjà en écoutant Darius parler de sa famille. En sentant sa présence rassurante dans la pièce.

Il me tend deux grosses paires de chaussettes en laine.

— Je ne suis pas sûr que mes chaussures de marche te tiennent aux pieds, mais on peut tenter le coup.

Je m'assois sur le lit et enfile les deux paires de chaussettes, puis je fourre les pieds dans les chaussures gigantesques qu'il a placées devant moi. Elles tombent dès que j'essaye de faire un pas.

— Tant pis, dis-je.

Je sors de la pièce en chaussettes. Elles garderont mes pieds au chaud et les protégeront. Si je ne sors pas, je vais exploser.

Darius me suit jusqu'à la porte d'entrée et pose une énorme doudoune sur mes épaules. Je l'enfile tandis que nous sortons sur le porche en bois. Je m'arrête seulement une fois dans les bois, pour regarder la cime des hauts pins. L'air est frais et vif. C'est le paradis.

Le froid me mord les joues, mais même ça, c'est agréable. Je ne suis plus prisonnière. Darius ne me séquestre pas. Je suis dans la forêt, sous un ciel bleu et frais.

— Il faut que j'aille chercher Wren.

— Je suis sur le coup, princesse. J'ai demandé des services à tous les gens que je connais, et mes frères aussi. Les meilleurs hackers du monde cherchent des infos sur Thom et toutes ses entreprises. Ils découvriront où est ta sœur en Irlande, et on ira la chercher avant lui.

Je me détends. Je sais que Darius fera tout ce qui est en son pouvoir pour la trouver.

— Merci.

— Il n'y a pas de quoi.

Il me dévisage.

— Comment tu te sens ?

— Mieux, maintenant qu'on ne m'empoisonne plus. *Que cabrón.* Je n'arrive pas à croire que ce soit un *pendejo* pareil.

— On va lui faire payer.

Le ton de Darius est dur et déterminé. Je suis dans le même état d'esprit que lui, mais j'ai besoin d'un moment pour savourer ma liberté.

Je pivote et prends Darius par la main.

— Tu me fais visiter ?

Mon Viking m'adresse un sourire ravageur.

— Avec plaisir.

Il me guide le long d'un sentier sillonnant qui descend vers un autre chemin. Ses chaussures font craquer les feuilles mortes. Des oiseaux volettent un peu partout comme s'ils n'avaient pas peur de nous. Rien à voir avec Lockepoint. Avec la côte Est.

— Il y a beaucoup d'ours dans ces bois ? demandé-je, rassurée que nous ne quittions pas les sentiers battus.

Darius semble pris de court.

— Euh... Pas mal, oui.

— Vraiment ? dis-je d'une voix étranglée. Ils sont tous aussi gros que celui que j'ai vu ?

— Celui-là, c'était le plus gros.

Ça ne me rassure pas vraiment.

— Continuons, dit-il comme pour changer de sujet.

Je plisse les yeux, mais je le laisse me guider.

Des cris retentissent en cœur. Il se passe quelque chose

dans le champ situé au-delà de la ligne des pins. Je presse le pas pour découvrir de quoi il s'agit, mais Darius semble réticent.

— Attention ! s'exclame quelqu'un.

J'émerge dans le champ alors qu'une forme floue me dépasse à toute vitesse. Un grand type torse nu et en kilt se rue dans la forêt et se retourne au dernier moment pour attraper un ballon blanc. Il atterrit de tout son poids dans un buisson, mais brandit le ballon.

— Je l'ai !

— Fais gaffe où tu vas, grogne Darius en s'interposant entre le joueur et moi en un clin d'œil.

— Désolé, Darius, lance le type.

Il me jette un regard curieux, puis rejoint les autres joueurs dans le champ en trottinant.

Ils sont quatre, l'un grand et fort avec des épaules larges. Celui qui s'est écrasé dans le buisson a un torse tellement bardé de muscles que j'en reste bouche bée.

Les joueurs se font face, deux contre deux. Trois d'entre eux portent des kilts. L'un est vêtu d'une chemise blanche bouffante ainsi que d'un kilt rouge, un autre porte une chemise noire et ample avec un kilt assorti. Le troisième a un kilt rouge et pas de chemise. Le dernier est vêtu plus normalement, avec un tee-shirt noir qui dévoile les tatouages qui couvrent ses bras jusqu'aux poignets.

Comme mué par un signal invisible, le joueur torse nu jette le ballon derrière lui à son coéquipier en jean. Leurs adversaires en kilt foncent en avant, mais sont bloqués par le type torse nu, qui les plaque brutalement au sol.

Je grimace, mais ils bondissent tous sur leurs pieds.

— Canyon, t'es malade ou quoi ? s'exclame l'homme en kilt noir. On te l'a dit mille fois. Pas de plaquage au rugby.

— Si, il y a des plaquages. Mais c'est lui qu'on est censés

plaquer, intervient le type en chemise blanche en pointant du doigt le joueur tatoué.

Ce dernier court tranquillement jusqu'à un arbre voisin. Il déloge le ballon, coincé entre deux branches, puis sort un joint de sa poche et l'allume.

— Oooh, Axel. Tu avais promis de ne pas fumer avant la fin de la partie, râlent les trois joueurs en kilt comme un seul homme.

Ces trois-là ont tous des cheveux châtains, une peau pâle couverte de taches de rousseur, et semblent avoir le même âge. Ils ont également la même carrure. Ils ne sont pas identiques, mais la ressemblance est grande.

Le tatoué, qui est le plus proche de nous, souffle un nuage de fumée nauséabonde. Il est plus mince que les trois autres, et beau comme une star de cinéma. Ses longs cheveux noirs sont tirés en queue de cheval. Son tee-shirt proclame fièrement que les Triumph sont les meilleures motos du monde.

— Salut, Darius. Salut, copine de Darius.

— Axel, dit mon Viking en me prenant par la taille. Je te présente Paloma.

— Enchanté.

Axel me tend son joint, que je décline d'un geste.

Les trois types en kilt nous rejoignent. Ils sont si grands que j'ai l'impression d'avoir rétréci.

— Hé, tu ne nous présentes pas ?

— Paloma, je te présente les triplés. Hutch et Bern.

Il me montre d'abord celui en chemise blanche, puis celui en chemise noire.

— Et moi ? demande celui qui est torse nu en se frayant un chemin entre ses frères.

De près, son torse est encore plus impressionnant. De la

sueur coule dans les sillons formés par ses muscles et brunit les cheveux châtains de ses tempes.

— Enfile une chemise et on verra, gronde Darius.

— Canyon, me dit le torse nu en posant une main sur sa poitrine. Gente dame...

Les triplés s'inclinent devant moi.

J'étouffe un rire. Ils sont tous aussi gigantesques qu'adorables.

Darius me serre davantage. Il est possessif, mais ça ne me déplaît pas tant que ça.

— Eux, ce sont mes idiots de frères.

— Oh.

Je prends note. Les triplés et Axel semblent tous plus jeunes que Darius et Matthias.

— Elle a rencontré combien d'entre nous ? demande Bern.

— Cinq. Elle a fait la connaissance de Matthias à la cabane.

— Et Teddy ? s'enquiert Canyon.

Darius se raidit.

— Pas encore.

Hutch commence :

— Dans ce cas, il ne reste plus que...

Des branches craquent derrière nous, et je me retourne pour voir l'ours de ce matin se faufiler entre les buissons. Darius n'a pas l'air inquiet, mais je m'agrippe à lui. L'ours se dresse sur ses pattes arrière et tend le ballon de rugby à Axel. Ce dernier l'accepte calmement. Son joint est coincé à la commissure de ses lèvres. Que lui soit aussi nonchalant, passe encore, mais personne ne semble apeuré en constatant qu'un ours gigantesque se tient juste à côté de nous. Un ours qui sait apparemment jouer au ballon.

Je suis la seule surprise.

— Oh la vache, soufflé-je.

— Ne t'en fais pas, me dit Hutch. C'est juste...

Bern lui donne un coup de coude dans le ventre, et il se plie en deux.

— Un ours inconnu, m'assure Bern.

— Notre ours apprivoisé, dit Canyon au même moment.

— Euh, ouais, notre animal de compagnie, renchérit Hutch en se frottant le ventre. Il s'est enfui d'un zoo.

L'ours les regarde en penchant la tête. Il semble vaguement désapprobateur. Puis il se laisse tomber à quatre pattes et repart d'un pas tranquille. Il bouge sans un bruit, et étonnamment vite pour un animal aussi gros.

Je frémis, et Darius pose une grande main sur mon épaule. Son poids me réconforte. Il penche la tête et murmure :

— Bienvenue à la montagne de Bad Bear.

*Darius*

— Tes frères sont sympas, me dit Paloma.

Nous sommes rentrés à la cabane, et je prépare du saumon sur le grill. Je comptais l'emmener jusque chez Teddy, mais son ventre s'est mis à gargouiller, et j'étais ravi d'abréger notre balade pour repousser le moment des retrouvailles avec mon frère jumeau.

À présent, nous sommes divinement seuls. Matthias est allé travailler à l'hôpital, et j'ai réussi à faire comprendre aux triplés que Paloma et moi avions besoin d'intimité. Axel est parti de son côté, sans doute pour bosser sur l'un de ses multiples projets, comme une voiture ou une moto à retaper. J'ai demandé à Hutch et Bern de tenir Everest occupé. Deux rencontres avec un ours en une journée, c'est suffisant. S'il veut faire la connaissance de Paloma, il n'a qu'à reprendre forme humaine.

— Ils le sont, parfois, grogné-je. Mais la plupart du temps, ce sont des cons. Surtout mon jumeau.

Paloma redresse brusquement la tête.

— Tu as un jumeau ?

— Ouais, Teddy.

— Il te ressemble ?

Je hoche la tête.

— Nous sommes de vrais jumeaux.

— Quand est-ce que je peux le rencontrer ?

Paloma est assise à la table de pique-nique, le menton dans les mains. Elle a les joues roses et semble plus pleine de santé et détendue que jamais.

— Jamais, j'espère.

Elle glousse, comme si je plaisantais, mais je suis très sérieux. Teddy vit sur la montagne, mais Matthias m'a dit que la grossesse de Lana le rendait encore plus grognon que d'habitude.

J'espère qu'il restera dans son coin. Chaque fois que nous nous voyons, ça se finit en dispute. Entre sa mauvaise humeur et ma détermination à protéger Paloma, nous risquerions de déclencher la Troisième Guerre mondiale.

Je n'arrête pas de consulter mon écran de téléphone.

Paloma se redresse quand celui-ci vibre, annonçant un message.

— Des nouvelles de Wren ?

— Pas encore, mais ma collègue, Kylie, planche dessus. Son compagnon... mari est à la tête d'une entreprise de renseignement, et elle, c'est l'une des meilleures pirates informatiques du monde. Si quelqu'un est en mesure de trouver ta sœur, c'est elle.

— Qu'est-ce qu'elle dit ?

— Elle pirate le système informatique du pensionnat pour se connecter à l'ordinateur portable que l'école fournit à Wren.

La tension regagne le visage de Paloma, et je donnerais tout pour effacer cette expression.

— L'heure tourne. Et si Thom l'avait déjà interceptée ? Ou bien...

— Ne pense pas à ça, interromps-je fermement. On va la retrouver.

— Je devrais appeler Thom. Lui promettre de me rendre. Ça nous ferait gagner du temps.

— Non, grondé-je. Pas question. Ça lui donnerait l'occasion de poser des exigences que nous ne pourrons pas respecter.

— *Nous* ? répète Paloma en me dévisageant.

Ma poitrine se serre. Je ne peux pas faire partie d'un *nous*. Pas avec un ours aussi destructeur. Je finirais par faire du mal à Paloma, tout comme j'ai fait du mal à notre mère biologique. Et elle, c'était une ourse. Elle s'en est remise. Si je blessais Paloma, je ne me le pardonnerais jamais. Plutôt mourir.

Mais il est hors de question que je la laisse se débrouiller toute seule.

— Oui, *nous*. On est dans le même bateau, princesse. On gère ça ensemble.

*Et ensuite, je devrai te laisser.*

Mon ours se libère presque à ces mots. Je suis obligé de me détourner pour cacher mes yeux luisants. Je respire profondément et serre les poings pour le repousser. Il sort les griffes depuis que nous sommes arrivés ici.

Emmener Paloma ici, à la montagne, a convaincu mon ours qu'il allait pouvoir la revendiquer. La marquer comme compagne destinée. Si je parviens à le tenir à l'écart, à mon avis, c'est uniquement parce qu'il a conscience que Paloma a besoin de se rétablir. N'empêche que son besoin de la marquer grandit de minute en minute.

Comme si le conflit avec Thomson et la recherche de Wren n'étaient pas assez compliqués comme ça.

Je sers le saumon et la regarde manger ses premières bouchées. Bon sang, j'adore la nourrir. Ça apaise mon ours.

Elle se trémousse sur son siège.

— C'est délicieux. Merci.

— C'est mieux que les pâtes au fromage et au thon, en tout cas.

Son petit rire me fait chaud au cœur.

Je vais jeter un œil aux pommes de terre que je fais cuire dans du papier alu. Elles sont presque prêtes. Le vent se lève, mordant les joues de Paloma.

— On peut aller à l'intérieur, si tu as froid, proposé-je en m'installant sur le banc qui lui fait face.

Elle s'essuie la bouche avec une serviette en papier.

— Non, j'aime bien être dehors.

Après des années de captivité, aller où bon lui semble doit être fantastique.

L'espace d'un instant, je me sens coupable. Je garde mon ours prisonnier, enfermé à double tour. Pas étonnant qu'il cherche à se libérer.

Puis je me souviens de ce qu'il a fait, des dégâts qui ont éloigné mes deux mères. L'enfermer, c'est la seule solution.

Paloma et moi avons presque fini notre repas quand je repère une odeur qui me pousse à me raidir. Je bondis si vite de mon siège que Paloma lâche sa fourchette.

— Darius ? Qu'est-ce que...

— Mon frère ! coupe un rugissement plein de colère.

À moins de dix mètres de là, dans la forêt, un haut pin s'agite, puis s'écrase au sol. En un instant, je me place entre Paloma et l'orée des arbres.

Un grognement d'ours quitte ma gorge.

Mon jumeau apparaît, les yeux pleins d'éclairs. Son ours est incontrôlable.

— Qu'est-ce que tu fous ? demande-t-il en nous pointant du doigt, Paloma et moi.

— Théodore, dis-je en repoussant mon ours.

C'est moi, le mec civilisé. Je suis capable de garder mon ours enfermé dans une ville pleine d'humains. Je ne laisserai pas ma nature animale refaire surface à cause de mon frère.

Je lève les deux mains, et gardant la voix à un volume raisonnable, j'ajoute :

— Calme-toi.

— Ma compagne est enceinte, et tu amènes le danger à la montagne, crache-t-il. Maintenant, tu vas répondre de tes actes.

— Je n'avais pas le choix, Teddy. Tu le sais bien.

— Tu n'as même pas la décence d'accepter une invitation pour Thanksgiving, mais dès que tu veux faire le malin devant une *mondaine* de Manhattan...

Je charge sans réfléchir. Je suis toujours sous forme humaine, mais mes bonnes manières ont volé en éclat. Mon ours veut le punir d'avoir méprisé Paloma. Je plaque mon frère au sol et lui donne un coup de poing.

— Darius ! s'écrie Paloma quand j'atteins Teddy en pleine mâchoire.

Il parvient à nous faire rouler et me donne un coup de poing dans les côtes.

— Tu fais tout pour détruire la montagne, vocifère-t-il.

Je pare le coup de poing qu'il veut m'asséner au visage.

— C'est chez nous, et si tu n'es pas capable de le respecter, tu n'es pas le bienvenu. J'ai un ourson à protéger, maintenant.

Il me donne deux coups dans les côtes, à droite, puis à gauche.

Je me fous complètement de la montagne, là.

— Tu crois que ta compagne compte plus que la mienne ? *Hein* ? grogné-je en repoussant Teddy avec mes pieds avant de me lever.

— Darius, arrête ! s'écrie Paloma.

Elle est juste à côté de moi, ce qui rend mon ours encore plus furieux. Il ne veut pas que les poings de mon frère approchent d'elle.

— Parce que c'est ta compagne, peut-être ? rétorque Teddy en me fonçant dessus, tous poings dehors.

J'esquive et le frappe en plein dans les reins.

— Tu ne l'as pas marquée, poursuit-il. Elle ne sait même pas ce que tu es.

Mon ours rugit à l'idée de la marquer. Il est déjà tellement proche de la surface que je perds encore plus les pédales.

— Je ne peux pas.

J'ignore si je parle à mon ours ou à mon frère. Tout ce que je sais, c'est que je dois garder mon ours sous cloche si je ne veux pas que Paloma soit blessée.

— Comment ça, ce que tu es ? demande-t-elle.

Mon ours se libère. Je sens la métamorphose commencer.

— Va-t'en, dis-je les dents serrées. Fuis.

Paloma pousse une exclamation et pâlit tandis qu'elle scrute mon visage. Je sais ce qu'elle voit. Mon ours sauvage, mes yeux luisants.

— Montre-lui, dit Teddy, essuyant le sang qu'il a sur la bouche du dos de la main, bondissant sur ses pieds comme un boxeur.

— Non ! rugis-je.

Il faut que je m'éloigne d'elle. Je ne peux pas faire de mal à ma merveilleuse compagne.

— Me montrer quoi, Darius ? insiste Paloma d'une voix suraiguë.

Elle semble en colère, mais je ne sais pas très bien pourquoi. Elle a peur, peut-être.

Moi aussi j'ai peur. Peur pour elle. Peur de ce qu'elle pensera de moi quand elle découvrira ce que je suis.

— Va-t'en, tout de suite ! grondé-je.

Je tombe à quatre pattes et mon dos s'arrondit tandis que je lutte contre mon ours.

— Il ne te fera pas de mal, dit Teddy.

Il tend la main à Paloma, qui n'a toujours pas bougé. Il garde un œil sur moi, prêt à ce que je passe à l'attaque.

Quel connard. Il m'a poussé à me transformer et à effrayer Paloma. Il faut que je me reprenne, mais d'abord... je vais le lui faire payer.

Mon ours prend la main, et je perds la bataille. L'air crépite alors que je me transforme.

— Enfin, grogne mon frère.

Je me tiens debout, haut de deux mètres cinquante, et je rugis sur Teddy. Un dernier avertissement avant de le mettre en pièces.

# Chapitre Neuf

*P**aloma*

Je reste bouche bée. Darius est *un ours* ! Un grizzly gigantesque et terrifiant avec une rangée de dents acérées et des griffes de douze centimètres.

Il se jette sur son frère, qui est *également un ours* ! Ils luttent et roulent sur le sol en poussant des rugissements féroces.

Mon cœur bat la chamade. Mes pieds restent plantés dans le sol de la forêt malgré les ordres de Darius. J'ignore si je suis figée par la peur ou par la fascination. Ou simplement parce que je refuse désormais que l'on me dise ce que je dois faire.

Je veux surtout que Teddy foute la paix à Darius.

— Arrêtez ! hurlé-je.

Je ramasse une pierre et vise. Finalement, je la laisse tomber. Je ne veux pas frapper Darius par erreur. Je choisis plutôt un long bâton. Ça, je sais faire. Je passe beaucoup de temps auprès d'animaux de grande taille.

— Ça suffit ! Oust !

Je reconnais Teddy à la couleur de la chemise en

lambeau qui lui pend autour du cou. Je lui assène un coup sur la tête.

— Du balai !

Dès que le bâton s'abat sur son crâne massif, je réalise que je viens de commettre une grave erreur. Il s'agit d'un grizzly, pas d'un cheval. Non que je frapperais un cheval. Mais cet ours est capable de me tuer d'un coup de patte.

Pourtant, à ma grande surprise, Teddy émet un son étranglé et se laisse tomber à quatre pattes et détourne la tête.

— C'est ça, m'époumoné-je, désormais plus sûre de moi. Va-t'en ! Rentre chez toi !

Je le pousse du bout de mon bâton.

— Vilain ours !

Il s'empare de la branche et la casse d'un geste très humain, et l'espace d'un instant je crains d'être allée trop loin, mais bien vite, il repart d'où il est venu en bondissant.

Je le regarde s'éloigner, sous le choc, puis un éclat de rire hystérique m'échappe.

— Un vilain ours ! Un *bad bear* de la montagne de Bad Bear.

Je me couvre la bouche pour étouffer mes gloussements.

Quand je me tourne vers Darius, cependant, c'est un homme nu que je trouve à la place de l'ours. Un Viking musclé et sublime.

Il halète, le visage crispé, les poings et les dents serrés comme s'il se concentrait. Il se dirige vers moi à grands pas, les yeux toujours dorés et luisants, et me soulève dans ses bras, me donnant l'impression d'être légère comme une plume.

À présent, je comprends pourquoi il ne me trouvait pas trop lourde. Il n'est pas humain. Son ours doit sûrement aimer les femmes bien en chair. S'il était avec l'une des mannequins fluettes auxquelles Thom voulait que je ressemble, il la casserait en deux comme une brindille.

— Peux pas...

Il semble incapable de parler. Il me porte en haut des marches qui mènent à la cabane. Mon cerveau percute un mur de béton, réalisant à nouveau que *mon amant est un ours*. J'ai déjà entendu parler de loups-garous. Jamais d'ours.

— Pas... tente de nouveau Darius. Pas en sécurité. Tu n'es pas en sécurité avec moi.

Je devrais peut-être avoir peur. Si ça se trouve, Teddy essayait de pousser Darius à me mordre pour me transformer en loup-garou comme eux. Pardon, ours. Ours-garou.

Seigneur, qu'est-il en train de m'arriver ?

C'est impossible !

Sauf que je suis persuadée d'*être* en sécurité. D'accord, mon pouls bat à cent à l'heure à cause de l'adrénaline qui court dans mes veines, mais aucune partie de moi ne croit Darius capable de me faire du mal. Même quand il avait la forme d'un grizzly géant, je n'y croyais pas.

En plus, Teddy a dit qu'il ne me ferait pas de mal.

Mais Darius semble penser le contraire.

— Ce n'est pas bien. Je ne voulais pas que tu voies ça, dit Darius en me portant dans la chambre. Ferme la porte à clé. Enferme-moi à l'extérieur. Tu es en danger avec lui.

Il tente de me reposer, mais je m'accroche à son cou et serre les jambes autour de sa taille.

— En danger avec qui ? Teddy ?

— Avec moi.

Il marche jusqu'au lit et tente de m'y déposer, mais je continue de résister. S'il croit que je suis prête à m'enfermer à nouveau dans une chambre, même si c'est pour ma sécurité, il se fourre le doigt dans l'œil.

— Je suis en sécurité, ici.

— Pas avec moi. Pas avec mon ours.

Je pose le front contre le sien, plissé.

— Je vais bien, murmuré-je contre sa peau.

Comme si j'étais avec Starlight, ma jument, effrayée par quelque chose pendant une promenade, je tente de le rassurer.

— Je vais bien. Il ne s'est rien passé. On est tous les deux sains et saufs.

Il grimpe sur le lit sans me lâcher et nous couche tous les deux, son corps nu sur le mien. Nos regards sont plongés l'un dans l'autre. Le sien porte toujours une lueur sauvage et ambrée. À présent, je comprends ce que j'y voyais, parfois. Darius n'est pas humain. Il appartient à une espèce complètement distincte. C'est peut-être ça qui m'a plu chez lui, dès le départ.

J'ai senti qu'il n'avait rien en commun avec les ordures qui m'entourent depuis dix ans. J'ai cru par erreur qu'il était des leurs, qu'il voulait m'acheter, mais mon corps sentait qu'il était différent. Mon corps était électrisé en sa présence.

Il l'est toujours.

Je touche son visage.

— Darius.

Ses yeux ont un éclat bestial.

Il se penche sur moi et me donne un baiser féroce. Il écarte mes lèvres avec sa langue tandis que son bassin se niche entre mes jambes.

Je dénoue le cordon de mon jogging et le fais glisser sur mes hanches rondes.

— Paloma, dit Darius d'une voix rocailleuse. Je ne sais pas si je devrais...

— Si, murmuré-je. Tout va bien. On va bien.

— C'est dangereux, insiste Darius entre deux baisers

désespérés. Je suis dangereux. Être ici avec toi sur cette montagne...

Il tire sur la chemise en flanelle que je porte, faisant sauter tous ses boutons. Il est encore mieux qu'un Viking. Il est génial.

— Tu vois ? Je ne me contrôle pas, dit-il.

Il déchire mon débardeur en satin. Mes seins jaillissent, tétons dressés.

Sa bouche plonge dessus, comme s'il était impatient de prendre un téton entre ses lèvres. Il le suce avec force, et je pousse un cri. Le tiraillement entre mes jambes le rend encore plus dur.

— Pardon, dit-il en levant la tête, le souffle court. C'était trop fort ?

Je le prends par les oreilles pour le guider vers mon deuxième téton.

— Non. Continue.

Il fait tourner sa langue autour. L'effleure avec ses dents.

L'amant langoureux et mesuré de la maison de plage a disparu. Je croyais qu'il ne pourrait pas faire mieux, mais il s'avère que je m'étais trompée.

Parce que *j'adore* ce Darius déchaîné.

Sa passion brutale est magique.

— Je suis désolé.

Darius n'a de cesse de s'excuser pour son côté bestial. Ses mains me tirent sans ménagement sur le lit pour qu'il puisse me mordiller dans le cou. Je sens sa lutte intérieure, je devine qu'il n'aime pas être comme ça, dévoiler cette facette de lui.

*Enfin,* a dit son frère quand il s'est transformé.

Peut-être qu'il reniait cette part de lui. Qu'il la troquait contre son apparence de financier de Wall Street sophistiqué. Il est déchiré entre ces deux moitiés de lui.

— Non… non ! rugit-il.

Il secoue la tête si fort que sa nuque craque. Quelque chose me dit que ce n'est pas à moi qu'il parle, mais à son autre moitié.

Il parle à l'ours.

— Je suis désolé, Paloma. Je ne devrais pas être ici avec toi. Pas comme ça.

— *Si.*

Je me montre ferme. Mon expérience avec les chevaux m'a appris que si je le suis dans sa peur, son animal réagira. Je dois maintenir un sentiment de confiance. Lui montrer que je n'ai pas peur. Que nous sommes amis.

— C'est juste que je ne suis pas moi-même, ici. La montagne fait ressortir mon ours. Mes frères le font ressortir. Et *toi*. Surtout toi, princesse. Dès que je t'ai vue à Lockepoint, mon ours a pété les plombs. Il est dingue de toi.

— J'aime ton ours, affirmé-je.

J'ignore pourquoi j'ai dit ça. J'ai à peine rencontré son ours, mais je sens qu'une lutte terrible se joue en ce moment en Darius. Je veux qu'il puisse être lui-même avec moi.

Même si je ne sais pas exactement ce que ça implique.

— Je ne veux pas qu'il te fasse du mal.

Je ne sais pas si son ours est vraiment dangereux, mais je sais que son frère jumeau, dont l'ours semblait tout aussi féroce, a baissé la tête quand je l'ai frappé avec un bâton, avant de s'enfuir quand je lui ai dit de partir. Et je sais que son jumeau m'a également assuré que Darius ne me ferait pas de mal.

Apparemment, l'ours de Darius est seulement apparu parce que Teddy a tout fait pour le rendre fou de rage, une rage qui s'est exprimée quand j'ai été insultée.

— Tu ne me feras pas de mal.

Je passe les mains sur ses épaules nues. Mes paumes

savourent le paysage sculpté de ses muscles tendus. Son érection trouve le creux entre mes cuisses, et il grogne, son front posé contre le mien, tandis qu'il la fait glisser dans mes fluides.

— Paloma... dit-il d'une voix brisée. Je ne peux pas. J'ai peur de te marquer.

— De me marquer ? Qu'est-ce que ça veut dire ?

— Un ours...

Il pousse un cri, comme s'il souffrait. Comme si ma présence à ses côtés était une torture.

Je fais onduler mes hanches sous son corps, pour créer un plus grand contact avec son membre.

— Oh, putain, gémit-il.

— Qu'est-ce que ça veut dire ? insisté-je.

— Ah, oui. Ça veut dire... Un ours marque sa compagne de son odeur, explique-t-il en passant les dents le long de mon cou. Comme ça, les autres métamorphes savent qu'elle a été revendiquée. Mon ours a envie de te revendiquer avec ses crocs.

Ses mots me font hésiter, et je me serais peut-être éloignée ou calmée un peu, mais au même instant, le gland de Darius trouve mon entrée. Je gémis quand mon sexe trempé s'ouvre pour lui, comme si mon corps savait et comprenait que j'étais à lui.

Je lève le bassin et m'enfonce sur le bout de son érection. C'est délicieux.

Il gémit en retour.

— Je ne peux pas...

Mais son corps n'obéit pas à sa volonté. Il me pénètre d'un seul coup de reins.

Je pousse un cri de douleur mêlée de plaisir, empalée sur son membre épais.

— Je suis désolé. Pardon, Paloma. Je n'ai pas fait exprès.

Je sais qu'il ne porte pas de préservatif, mais je m'en fiche. À présent, je prends aussi en main ma propre reproduction.

J'emmerde Thom Thompson et les projets tordus qu'il a pour moi.

— Moi, j'ai fait exprès, dis-je en soutenant son regard.

Le sien devient plus ferme pendant qu'il se met à aller et venir en moi.

— Pas de morsure, ajouté-je d'un ton catégorique, car cela m'a semblé dangereux. Mais je veux ta queue d'ours viking.

Je retrouve de plus en plus Darius. Son expression se débarrasse de l'angoisse et de la tourmente pour reprendre les traits de l'homme sensuel qui m'a séduite dans ma chambre. Il esquisse un sourire.

Son corps magnifique se balance en rythme sur le mien.

— C'est ça que tu veux, princesse ? Ma grosse queue ?

— Oui. C'est exactement ce que je veux.

— Ça te plaît quand je te remplis ? Quand j'étire ta chair tendre et vierge pour me frayer un passage ?

Je souris, satisfaite, tandis qu'il secoue le lit à chaque coup de reins.

— Plus si vierge que ça, fanfaronné-je.

Je suis fière de prendre les rênes de ma vie sexuelle. De demander ce que je veux et de l'obtenir. De gâcher tous les projets de Thom.

— Effectivement, admet Darius en prenant appui d'une main sur le matelas, l'autre derrière ma tête pour que je ne me cogne pas. Tu es à moi, désormais.

La rebelle en moi a envie de le contredire. J'ai eu beau jouer le rôle de la vierge effarouchée capturée par le Viking, dans la vraie vie, je n'appartiens à personne. Aucun homme ne me retiendra plus jamais contre mon gré.

Sauf que Darius ne me retient pas contre mon gré. J'ai envie d'être ici, sous son corps. J'ai envie de le rendre fou, lui et son ours. J'ai envie qu'il me revendique comme ça. Et même qu'il me marque de son odeur, pour que tous les métamorphes soient au courant.

J'ai envie de revendiquer Darius Medvedev en retour.

— Tu es à moi, désormais, répliqué-je.

Un petit sourire apparaît sur son visage, et ses coups de reins deviennent plus décidés. Comme s'il s'emparait de mon sexe. De mon ventre.

— C'est exact, petite colombe. Je suis à toi. Si tu veux ma queue, tu n'as qu'un mot à dire. Matin, midi et soir, elle est à toi.

J'éprouve tellement de plaisir que mes yeux roulent dans leurs orbites. Je ne veux qu'une chose, être emplie par ce bel homme-grizzly. Mais bien vite, ça ne suffit plus. J'en veux davantage. Plus fort.

— S'il te plaît, commencé-je à scander. S'il te plaît... maintenant. J'en ai besoin.

— Tu as besoin de jouir, ma belle ? demande-t-il d'une voix rauque.

— Oui. En même temps que toi.

— Tu veux qu'on jouisse ensemble ?

Oui, c'est ce que je veux. J'ai beau manquer d'expérience, niveau sexe, les romans d'amour sont l'une de mes rares distractions depuis dix ans. Je suis programmée pour croire en ce graal du plaisir : l'orgasme simultané, avec des feux d'artifice et des éruptions volcaniques.

Je veux atteindre cet apogée avec Darius. Je veux que nous le vivions ensemble. Car soudain, j'ai le sentiment que c'est notre seul moyen de vaincre Thom. L'amour, c'est la plus vieille des magies.

Si Thom m'a séparée de Wren, c'est pour nous empêcher de nous en servir contre lui, mais c'était sans compter sur Darius. L'homme dont l'ours savait que nous étions faits l'un pour l'autre.

Et quelque chose me dit qu'ensemble, nous serons inarrêtables.

— Merde, marmonne-t-il. Je perds le contrôle.

— Pas de morsure, lui rappelé-je en haletant sous ses coups de reins. Maintenant, Darius ! S'il te plaît.

Son visage se tord. Sa barbe semble pousser à vue d'œil. Il pousse un cri puis s'enfonce profondément en moi, et le lit frappe le mur si bruyamment qu'à mon avis, tous ses frères doivent l'entendre.

— Oui ! m'écrié-je. Oui !

Je suis propulsée dans l'orgasme, je tournoie et voltige dans son gouffre.

Ce ne sont pas des feux d'artifice. C'est une avalanche. Une cascade de plaisir qui me met sens dessus dessous. Et c'est aussi un volcan : ça, c'est Darius, qui entre en éruption et projette sa semence brûlante en moi. Si chaude et copieuse que je la sens frapper le fond de mon canal.

Ensuite, il y a l'œil du cyclone. Les vents claquent violemment autour de nous, mais nous flottons tranquillement en leur centre.

Dans le cocon apaisant de notre union.

* * *

*Darius*

— Paloma, dis-je d'une voix rauque alors que la réalité revient petit à petit, et que je réalise ce que j'ai fait.

Je ne l'ai pas mordue. Ou en tout cas, je ne crois pas l'avoir fait.

Mais j'étais déchaîné.

Par le Destin, j'aurais *pu* la mordre. Si je perds un jour le contrôle de mon ours en sa présence, je risque de lui infliger des dégâts considérables. De lui ôter la vie, même.

C'est une raison suffisante pour couper les ponts avec elle dès que nous aurons vaincu Thompson.

*Jamais*, rugit mon ours juste sous la surface.

Je m'éloigne de Paloma avant de faire quelque chose de regrettable.

Elle pousse une exclamation lorsque je me retire d'un coup.

Debout à côté du lit, mes yeux sont rivés sur mon sperme qui s'écoule entre ses jambes.

— Merde. Je ne me suis pas maîtrisé, Paloma. Je n'ai pas mis de préservatif.

— Je sais, dit-elle.

Elle est d'une nonchalance olympienne. Nonchalance ? Non, d'un calme olympien. Ça convient aussi.

Je suis horrifié par mon erreur.

— Je vais te chercher un gant de toilette.

Je me rends dans la salle de bains quand elle me lance :

— Pas la peine.

À mon retour, je la surprends en train de plonger les doigts dans mon essence, de s'en servir pour se caresser, l'étalant sur ses petites lèvres et son clitoris comme si elle se délectait d'être enduite de mon odeur. Comme si elle se marquait à la manière des humains.

Je perds presque les pédales. Mon ours tire sur sa laisse, mourant d'envie de planter ses crocs dans sa chair délicate. Je me fige au fond de la pièce et inspire par les narines pour repousser ma part animale.

Paloma m'observe, les paupières lourdes, sans cesser de se caresser, comme si elle aimait me torturer ainsi.

— Putain, j'ai envie de toi, grommelé-je quand bouger redevient sûr.

— Tu m'as déjà, roucoule-t-elle.

— Ça ne suffit pas.

Soudain, je me jette sur elle, et j'écarte ses genoux pour étaler mon essence sur chaque millimètre de son sexe avec ma langue.

Elle a un nouvel orgasme contre ma bouche, comme si elle n'attendait que moi pour passer la ligne d'arrivée une deuxième fois.

Je la nettoie avec le gant de toilette, puis j'embrasse son pubis et glisse la langue en elle une dernière fois.

Elle frémit et tremble à cause d'une autre onde de choc.

— Tu es un ours, dit-elle d'une voix douce lorsque je relève la tête.

Elle tend les mains vers moi et m'attire contre elle pour m'embrasser.

— Qu'est-ce qu'ils ont, tes cheveux ? C'est ta nature d'ours qui les fait pousser hyper vite ?

— Oh.

Je me passe une main sur le crâne et découvre qu'ils m'arrivent aux épaules.

— Mon ours croit peut-être que si je ressemble à un Viking, je pourrai te revendiquer.

Le rire de Paloma est grave et chaleureux. Elle m'embrasse.

— J'ai un milliard de questions.

— Ah bon ?

Je m'installe à côté d'elle et la fais rouler face à moi pour la prendre dans mes bras.

— Oui oui, dit-elle en passant doucement un ongle dans

les poils de mon torse. Tu te changes en ours à quelle fréquence ? C'est lié à la pleine lune ? Ou à la colère ?

Je secoue la tête.

— La pleine lune, non. Mais la colère, oui.

Ma main trouve ses fesses et les malaxe.

— Et le désir. Mais seulement avec toi.

Elle me jette un regard par en dessous.

— Avec personne d'autre ?

— Jamais. Mon ours n'en a jamais désiré une autre.

Je vois le pouls à sa gorge s'emballer. Elle ne semble pas effrayée ; c'est un soulagement.

— Et pour répondre à ta première question : presque jamais. Mon ours est dangereux.

— Comment ça ?

Je secoue la tête.

— Je ne peux pas le libérer, parce que... il dévaste tout. Je n'arrive pas à le maîtriser quand il sort. Il n'est pas normal. Tous mes frères savent se contrôler. Moi... j'ai quelque chose qui cloche.

Paloma ne semble pas convaincue.

— L'ours que j'ai vu par la fenêtre, tout à l'heure, c'était Teddy ?

— Non, c'était Everest. Un autre frère. Tu l'as revu sur le terrain de rugby.

— Ah, oui. Votre « animal de compagnie », dit-elle en mimant des guillemets. Alors tous tes frères sont des ours ?

— Oui.

— Votre mère aussi ?

— Winnie ? Oui. Elle... hiberne.

Paloma s'assoit.

— C'est vrai ?

— Oui.

— Et toi, ça t'arrive d'hiberner ?

— Non. Ce n'est pas vraiment... normal. Enfin, ce n'est pas anormal non plus. Mais on ne sait pas pourquoi elle dort depuis des années.

— Des années ? C'est comme un coma ? Elle est branchée à des machines ? Comment fait-elle pour survivre ?

— Non, elle dort en permanence, c'est tout. De temps à autre elle se lève, se lave, mange un peu, puis se rendort.

Paloma pose une main sur la mienne.

— Je suis désolée. Ça doit être difficile pour vous tous.

— Ouais.

— Et Teddy, c'est quoi son problème ? Vous n'avez pas l'air de vous entendre. Pourquoi ?

— Il est en rogne parce que je suis allé vivre à New York avec les humains.

Paloma attend la suite, m'obligeant à examiner ce que je viens de dire.

— Non, ce n'est pas tout à fait ça, admets-je. Il est furieux parce que j'ai voulu aménager la montagne de Bad Bear pour la sauver d'autres promoteurs.

Paloma fait des yeux ronds.

— Oh. J'imagine que des aménagements, ce serait embêtant pour des ours.

Je me voûte.

— Ouais. Je me disais juste que si j'avais mon mot à dire sur la façon de faire, on pourrait au moins préserver un bout de montagne.

— Qu'est-ce qui s'est passé ensuite ?

— Teddy a rencontré Lana, sa compagne, alors qu'elle randonnait par ici. Son beau-frère a essayé de la tuer, et Teddy l'a sauvée. Elle l'a sauvé en retour. Il s'est avéré qu'elle était milliardaire. Elle est créatrice de mode. Elle est à la tête d'une marque de vêtements de sport pour les grandes tailles.

— GoddessWear ?

— Oui, c'est ça. Donc elle a sauvé notre montagne des promoteurs.

Cette histoire me laisse un goût amer, même si tout s'est arrangé pour le mieux. Ça m'énerve de passer pour le méchant alors que je tentais simplement d'arranger les choses pour notre mère. Pour ma famille.

Comme si elle lisait dans mes pensées, Paloma serre ma main dans la sienne.

— Tu as essayé de les aider, et ils t'en ont voulu. Ça doit faire mal.

Je hoche la tête. Bon sang.

— Ouais. C'est... Merci. C'est la première fois que je parle de ma famille avec quelqu'un. C'est... un sujet très intime, pour être honnête.

Le regard de Paloma est chaleureux et ouvert. Une rivière de compréhension coule d'elle à moi, malgré la culpabilité et la noirceur qui m'enveloppent quand je repense à tout ça.

— Hé, j'ai la « famille » la plus tordue qui soit, je te rappelle, dit-elle. Je vois bien que vous vous aimez. Au moins, vous, vous ne vous empoisonnez pas et vous ne vous enfermez pas dans des tours.

Je pose sa tête sur mon torse et lui embrasse le sommet du crâne.

— Ils me trouvent vénal. Et ils n'ont pas tort. Si je suis allé à New York, c'était pour m'enrichir. Mon but a toujours été de sauver la montagne. C'est juste que ça a pris beaucoup plus de temps que je l'imaginais quand j'étais jeune.

— Tu as fait fortune, pourtant. J'ai entendu Thom dire que ton fonds d'investissement était celui qui avait connu la plus grosse croissance, l'année dernière. Il semblait fier, comme s'il avait participé à ton succès.

— Il aime se faire passer pour mon mentor, dis-je avec un petit rire dédaigneux.

— Ouais, sauf que son côté paternel peut prendre un tour très tordu.

— À vrai dire... j'étais persuadé que j'allais sauver la montagne. J'y ai cru jusqu'à l'année dernière, quand elle n'a soudainement plus eu besoin de mon aide. Et là...

— Ça ne doit pas être facile, de voir le moteur de son succès disparaître soudainement.

Étonnamment, mes yeux se mettent à brûler.

— En fait... ça m'a plutôt fait réaliser que ce n'était qu'un mensonge.

Paloma plisse le front, déroutée.

Soudain, j'ai envie de vider mon sac, de révéler la source de ma douleur. La raison pour laquelle j'ai fui à New York. La *véritable* raison, pas celle que j'ai concoctée pour justifier ma prise de distances.

— Teddy ne me déteste pas uniquement parce que j'ai voulu aménager la montagne. Il a des raisons plus profondes.

Paloma patiente encore, mais j'ai du mal à parler. Elle me touche l'épaule.

— Tu peux tout me dire. C'est du passé. Je ne te jugerai pas.

Je prends une grande inspiration et tente de lui expliquer :

— J'ai atteint la puberté tôt. Très tôt. On n'avait que sept ans quand je me suis transformé pour la première fois, et j'étais complètement incontrôlable. Je savais que nous étions des métamorphes, mais notre mère, notre mère biologique, ne se transformait jamais. Elle n'aimait pas ça. D'après elle, elle ne pouvait pas, parce qu'on vivait dans un camp de mobile homes habité par des humains.

« Je ne savais pas vraiment ce que ça voulait dire, d'être un ours. Ni ce que ça faisait de se transformer. Un instant, j'étais un petit garçon de sept ans, et l'instant d'après, j'étais un ourson apeuré coincé dans un mobile home minuscule. Je n'avais plus la moindre pensée humaine. J'ignorais où j'étais. Je ne reconnaissais pas le mobile home. Je ne savais même pas que la femme et le garçon en ma présence étaient ma mère et mon frère.

« Je sentais seulement que j'étais au mauvais endroit, et que je devais aller dans les bois. Bien sûr, je ne savais pas ouvrir la porte, je ne savais même pas ce que c'était, une porte. Alors je me suis déchaîné dans notre petit logement, j'ai tout détruit en tentant de sortir.

« J'ai blessé ma mère. Je lui ai donné des coups de griffes à la poitrine et au visage. J'ai lacéré Teddy. Il a fini par m'ouvrir la porte, et je me suis rué à l'extérieur.

— Seigneur, Darius. Je n'imagine même pas le traumatisme que ça a dû être pour toi.

— Je me souviens seulement d'une terreur aveuglante. Je ne comprenais pas ce qui m'arrivait, je ne savais pas comment reprendre forme humaine. Ma mère ne m'a pas suivi. Elle aurait pu se transformer pour que j'aie une maman ourse pour m'épauler, mais elle ne l'a pas fait. Winnie, notre mère adoptive, l'aurait fait, elle. Elle savait comment élever des oursons.

— Pourquoi ne s'est-elle pas transformée ?

— Je ne sais pas. On aurait dit qu'elle avait peur des ours, même si elle en était une.

— Qu'est-ce qui t'est arrivé ensuite ?

— J'ai fui. J'ai trouvé les bois, et j'ai continué de courir trois jours et trois nuits jusqu'à m'écrouler de fatigue et reprendre forme humaine. C'est Winnie qui m'a trouvé, ici, à la montagne de Bad Bear. Elle m'a trouvé et a fini par localiser ma mère. Elle m'a ramené au mobile home. Trois jours plus tard, notre mère biologique nous a déposés chez Winnie et a disparu pour toujours.

— *Quoi* ? s'exclame Paloma, les yeux écarquillés par la surprise. Elle a abandonné ses enfants ?

Je tente de ravaler la boule que j'ai dans la gorge, sans succès.

— En gros, ouais. Elle a laissé un mot à Winnie disant qu'elle ne savait pas comment élever des oursons.

— La vache. Vous deviez être perdus et dévastés, à votre âge.

Ça me fait du bien qu'elle pose des mots sur mon traumatisme. Moi, j'associe cet événement à la perte de contrôle de mon ours. À la terreur qu'il a infligée à ma famille et moi. Aux blessures impossibles à guérir.

C'est ce que j'ai peur qu'il fasse à Paloma.

Parfois, j'oublie que je n'étais qu'un petit garçon. Pas étonnant que je ne sois pas parvenu à maîtriser mon ours.

— Alors Teddy me déteste peut-être pour ça aussi, je ne sais pas. Winnie s'est montrée patiente, mais mon ours a continué à être incontrôlable pendant des années. Après le lycée, Teddy s'est engagé dans l'armée, et moi, je suis allé à New York. Depuis, nous suivons des chemins complètement différents.

Je regarde par la fenêtre, si bien que l'odeur salée des larmes de Paloma me prend par surprise. Je tourne aussitôt la tête pour la regarder. Ses beaux yeux bruns sont embués, et elle essuie ses joues mouillées.

— Merde.

Je m'assois et l'installe sur mes genoux, blottie contre moi.

— Ne sois pas triste pour moi.

— Je suis triste pour nous deux, dit-elle. On a été tragiquement séparés de nos familles trop longtemps.

— *Tragiquement,* je ne sais pas, grommelé-je.

— Si, la tragédie, c'est que vous auriez pu vous réconcilier il y a des années, mais tu te fuyais toi-même. Sauf que tu t'es persuadé que tu fuyais Teddy.

Je la regarde fixement. Mon cœur bat anormalement fort dans ma poitrine. Si quelqu'un d'autre m'avait dit ça, je n'y aurais pas prêté attention. J'aurais fui, comme toujours. J'aurais réprimé les émotions douloureuses, tout comme je réprime mon ours.

Mais il s'agit de Paloma. Ma *compagne*. La femme qui a déjà conquis mon cœur. La femme à qui je veux tout donner.

— Je ne sais pas si je me fuyais moi-même. Mais je fuyais mon passé, c'est certain. Je voulais aller dans un endroit où mon ours ne pourrait faire de mal à personne. Loin de cette montagne où j'arrivais à peine à le maîtriser.

— Moi, j'ai l'impression que tu as peur de ton ours. Ça te vient peut-être de ta mère.

— Je comprends qu'elle ait eu peur. Mon ours lui a fait du mal. C'était une métamorphe, donc elle s'est rétablie, mais si je te faisais la même chose...

— Je voulais dire qu'elle avait peur de son ourse à elle.

Je ravale le torrent de critiques que je m'apprêtais à débiter contre mon ours et les dégâts qu'il a causés.

Je cligne des yeux, hébété.

Je n'avais jamais fait le lien avec ma mère et sa relation avec son ourse.

Et je n'ai aucune envie d'être comme elle.

Mais... bon sang. J'ai agi exactement comme elle ! J'ai abandonné ma famille parce qu'ils étaient trop ours à mon goût.

Là, je préférerais que Teddy soit en train de me tabasser. Ce serait plus gérable que la honte qui me dévore.

— Merde, tu as raison, marmonné-je en me massant le front.

Paloma descend du lit et me prend par la main.

— Viens. On va te débarbouiller. Tu t'es roulé dans la forêt, et j'ai bien besoin d'une douche, moi aussi.

Je la suis dans la salle de bains et allume l'eau de la douche, puis j'offre à Paloma un deuxième round langoureux et mousseux.

# Chapitre Dix

*Paloma*

La douche est un vrai plaisir, de bien des manières, mais ce qui est encore plus agréable, c'est le sentiment d'avoir créé un lien inédit et profond avec Darius.

Il n'est pas qu'un guerrier viking hyper sexy. Il n'est pas qu'un homme capable de se transformer en ours.

Il est humain. Selon ma définition, en tout cas : il a un cœur capable de souffrir.

Tandis que j'enfile une autre des chemises en flanelle de Darius, on frappe à la porte.

— Ohé ! Darius ? Paloma ? lance une voix de femme sur le seuil de la cabane.

— Ça doit être Lana.

Darius enfile un jean et va ouvrir la porte, torse nu. Je le suis, seulement vêtue de sa chemise.

Une femme ronde avec une peau noire très lisse et des tresses aux pointes teintes en rose se jette au cou de Darius. Derrière elle, Teddy a l'air mal à l'aise, deux gros sacs dans les mains.

— Darius ! Comment oses-tu venir à la montagne sans dire bonjour ?

Lana fait mine de lui donner un coup de poing, et ses tresses s'agitent. Elle porte une combinaison aussi rose que la pointe de ses cheveux.

— On comptait venir, bougonne Darius en lui retournant chaleureusement son étreinte. Mais ton compagnon a décidé de déraciner un arbre et de se battre avec moi devant Paloma.

Lana recule et jette un regard affectueux à Teddy par-dessus son épaule.

— Oui, j'en ai entendu parler. Il est très protecteur avec l'ourson.

Elle se tourne vers moi et prend mes deux mains dans les siennes au lieu d'une seule.

— Toi, tu dois être Paloma. Enchantée. Je suis ravie d'avoir une belle-sœur. Comment tu te sens ? J'ai appris, pour le poison. Quelle horreur !

— Euh, je vais mieux, merci.

Lana est très exubérante, mais je l'aime aussitôt. Je suis terriblement seule depuis trop longtemps, surtout sans ma sœur, et je suis contente qu'elle m'adopte déjà.

— Tant mieux. Matthias sait tout soigner, même les empoisonnements. Tiens, je t'ai apporté quelques vêtements.

Elle se retourne pour prendre les sacs des mains de Teddy.

— Je ne connaissais pas ta taille, donc si des choses te plaisent et qu'elles ne te vont pas, on pourra faire un saut dans ma boutique en ville.

Teddy n'a toujours pas adressé le moindre mot à Darius. Ils se contentent de se fusiller du regard derrière notre dos.

Je prends les sacs et jette un regard à l'intérieur.

— Viens, je vais te montrer ce que j'ai choisi, dit Lana en me guidant jusqu'à la chambre. On verra si ces deux ours mal léchés finissent par se faire un câlin et se réconcilier.

Je lui souris.

— Beau jeu de mots.

Le sourire qu'elle me rend est éblouissant.

— Les blagues sur les ours, c'est la routine, quand on a un compagnon qui s'appelle Teddy.

— Teddy : dis-je en riant tandis que nous pénétrons dans la chambre et fermons la porte derrière nous. *Teddy bear*, comme les ours en peluche ! Je ne sais pas pourquoi je n'avais pas fait le rapprochement.

— C'est trop mignon, hein ? Et leurs cabanes ont toutes un côté *Boucle d'Or et les Trois Ours*. J'adore, mais on a construit quelque chose de plus grand pour pouvoir fonder une famille.

Elle pose les mains sur son ventre rond.

— Oui, j'ai entendu. Félicitations, dis-je en renversant le contenu des sacs sur le lit. Tu en es à combien ?

— Quatorze semaines.

Lana fouille dans les vêtements, dépliant et brandissant chacun d'entre eux en plissant les yeux comme pour déterminer ma taille.

— Merci, dit-elle. Teddy était déjà vachement protecteur, mais là, il dépasse les bornes. Je suis désolée s'il t'a donné l'impression que tu n'étais pas la bienvenue.

Elle me lance un paquet de trois culottes. Je le déchire et en enfile une sous la longue chemise.

— Ce n'est pas le cas du tout, poursuit-elle. Je crois qu'il voulait juste pousser Darius à bout pour découvrir si tu étais sa compagne destinée. Mais maintenant qu'il sait que c'est le cas, il te protégera comme si tu faisais partie de la famille. Tu *fais partie* de la famille.

Une part de moi a envie de rejeter cette idée. J'ai déjà une famille, Wren. Et je dois la retrouver avant que Thom fasse quelque chose de terrible. Mais ça a quelque chose de naturel. De confortable.

Rien à voir avec ma captivité à Lockepoint.

À l'autre bout de la cabane, j'entends la voix de Darius, mais il a l'air de téléphoner, plutôt que d'arranger les choses avec son frère.

Lana me tend un pantalon stretch noir et évasé.

— Ça, ça devrait t'aller. Il est très classe, avec des talons. Poches profondes. Très versatile. Super pour voyager.

— Vendu.

Je l'enfile. Il est taille haute, avec une large bande élastique qui lisse le ventre.

— Il ira mieux avec un haut court. Tiens, celui-là devrait t'aller.

Elle me tend une brassière vert melon avec de jolies bretelles qui se rejoignent dans le dos.

— Ça fait partie de ma ligne de soutiens-gorges de sport confortables. Tu peux l'associer à un haut qui arrive au nombril.

Elle me tend un pull vert ardoise à col large avec des trous dans les manches pour passer les pouces.

Tout me va à merveille et semble avoir été taillé dans des matières de la plus haute qualité.

— J'adore, merci.

— Super. Au moins, tu auras quelque chose à te mettre en attendant de pouvoir faire du shopping. On peut aller faire un tour dans ma boutique demain, si tu veux d'autres trucs.

Un bruit de porte qui s'ouvre et de lourdes bottes qui traversent la cabane interrompt notre conversation.

— Ça doit être... tout le monde, annonce Lana en

agitant un sourcil et en m'adressant un grand sourire. Maintenant que tu es officiellement la compagne destinée de Darius, toute la famille veut apprendre à te connaître.

— Je ne peux vraiment pas rester.

Je suis de plus en plus impatiente de trouver Wren. Mes tripes me disent que le temps presse.

— Je dois retourner sur la côte Est et trouver ma sœur.

L'expression de Lana tourne à l'inquiétude.

— Je comprends. Allons voir s'ils ont découvert où elle se trouve.

Quand nous émergeons, tous les frères de Darius sont présents. Ils sont si gigantesques qu'ils ne tiennent pas tous dans le salon. Axel et Bern passent la tête par la fenêtre. Un ours, celui qu'ils ont appelé leur « animal de compagnie », se tient devant la porte d'entrée ouverte.

Darius me tend le bras, et je me place à ses côtés. Nous formons déjà un couple. Je suis tentée de résister à cette idée, car elle me semble trop belle pour être vraie, impossible, mais en même temps, tout est naturel.

Il me serre contre lui et m'embrasse le sommet du crâne. Ma résistance s'envole encore plus.

— Paloma, tu as déjà rencontré Matthias, Axel, Canyon, Bern et Hutch. Ce connard-là, c'est mon jumeau, Théodore, dit-il en pointant Teddy du menton. Je n'ai pas pu faire officiellement les présentations, vu qu'il était trop occupé à te faire croire que tu n'étais pas la bienvenue.

— Désolé pour ça, Paloma, dit Teddy de la même voix grave et rocailleuse que Darius. Tu es plus que la bienvenue. Tu es un membre de notre famille, marquée ou pas.

— Lui, c'est Everest, poursuit Darius en me montrant l'ours.

J'agite nerveusement la main en direction de l'animal

gigantesque, tout en me demandant à quoi il peut bien ressembler sous forme humaine.

— Paloma est impatiente de retourner sur la côte Est pour chercher sa sœur, intervient Lana.

Je lui adresse un regard reconnaissant. Elle me soutient à cent pour cent, et ça me fait plaisir.

— Oui, dis-je. Il y a du nouveau ?

— C'est pour ça que j'ai fait venir tout le monde, répond Darius. On l'a localisée. La chorale est rentrée aux États-Unis pour sa dernière représentation, à New York. On a trouvé son hôtel, et des amis sont en chemin pour l'exfiltrer. Ils devraient y être dans moins d'une heure. Son école a beau bloquer l'accès à internet, Kylie a réussi à pirater l'ordinateur de ta sœur et à le tracer. Dès que Wren l'allumera, on pourra la joindre avec mon téléphone, comme ça tu pourras lui dire ce qui se passe.

Je pousse un soupir de soulagement sonore.

— Merci ! Merci mon Dieu, dis-je, les larmes aux yeux. Je suis tellement contente que tu l'aies trouvée.

— On va partir tout de suite pour aller la retrouver. Mes frères...

Darius s'interrompt, comme s'il avait du mal à demander de l'aide.

— On vient avec vous, si vous avez besoin de nous, intervient Matthias.

Darius soupire à son tour.

— Merci. Je fais confiance aux loups, mais je préfère avoir mes frères à mes côtés.

— Vive les ours, lance Bern en levant le poing en l'air.

Le téléphone de Darius se met à biper, et il le sort aussitôt de sa poche pour consulter l'écran.

— Ça y est, dit-il d'une voix tendue qui me révèle ce que cela concerne.

Je saisis son poignet pour voir le visage qui apparaît sur l'écran. Il s'agit d'une jeune trentenaire. Sans prendre le temps de se présenter, elle annonce tout en pianotant sur un clavier :

— Wren est en ligne. Je vous connecte.

L'écran devient noir, et je retiens mon souffle une seconde. Deux. Quatre et cinq. Puis, soudain, une image apparaît.

Wren me regarde. Elle semble surprise.

— Qu'est-ce qui se passe ? Oh... Paloma !

Son visage se fend d'un énorme sourire.

— J'y crois pas ! Comment tu as fait pour nous connecter ? Ça m'a manqué de ne pas pouvoir te parler, dimanche. Qu'est-ce qui s'est passé ? Tu étais où ?

— Écoute-moi, Wren. On n'a pas le temps de papoter. Thom veut te tuer.

Je m'en veux de lui faire peur comme ça. J'ai passé des années à tenter de la protéger de la malveillance de Thom, mais là, je me dois de l'informer.

— Il a assassiné nos parents, et ça fait des années qu'il m'empoisonne pour me faire croire que je suis malade.

Wren pâlit.

— *Quoi ?*

— Il me menaçait de te faire du mal pour que je travaille pour lui, mais je me suis enfuie. On a des amis en chemin pour te chercher dans moins d'une heure. Fais ton sac tout de suite et tiens-toi prête.

Pile au même moment, la porte derrière Wren s'ouvre à la volée. Elle pousse un hurlement. Moi aussi.

Des hommes vêtus de noir de la tête aux pieds et armés de fusils d'assaut pénètrent dans sa chambre.

— Pitié, dis-moi que ce sont tes amis, dit Wren avec de grands yeux.

Je jette un regard hésitant à Darius, mais la réponse devient claire lorsque Thom apparaît d'un pas tranquille derrière le groupe tout en mâchonnant un cigare, une espèce de matraque à la main.

— Bonjour, Wren.

J'ai envie de chasser son sourire suffisant à coups de claques.

— Ah, parfait. Ta charmante sœur est là. Et Darius, mon invité grossier. Pile les gens que j'espérais voir.

Ses hommes se saisissent de Wren et l'éloignent de l'écran.

— Arrête ! m'écrié-je. Dis-leur de la lâcher.

— Allons, allons, me dit Thom d'un ton faussement rassurant.

Il pointe sa matraque sur Wren, et une sorte de courant électrique digne d'un taser en sort.

— Non ! m'exclamé-je quand ma sœur s'écroule par terre.

— Du calme, Paloma. Tu ne peux pas piquer ta crise alors que je t'avais clairement avertie de ce qui se passerait si tu essayais encore de t'évader.

Je hurle dans le téléphone de Darius :

— Libère-la !

Bien entendu, il n'obéira pas. Je ne suis pas rationnelle. Je dois retrouver mes esprits afin de prendre ce cinglé à son propre jeu.

Je prends une grande inspiration, puis une autre, mais je n'ai plus de place dans les poumons. Ah, c'est vrai. J'ai oublié d'expirer. Je souffle lentement.

Thom s'assoit sur la chaise de Wren et me dévisage, un sourire narquois aux lèvres.

Je vais le tuer.

— Bon, voilà ce qui va se passer. Tu vas rentrer à Lockepoint avec ton ami Darius, sinon Wren ne passera pas la nuit.

— D'accord, je rentre, dis-je à la hâte. Je rentre... mais laisse Darius en dehors de ça.

Le sourire de Thom s'élargit.

— Non, non, ma chérie. Darius est mêlé à tout ça, désormais. La seule solution pour sauver Wren, c'est que vous reveniez tous les deux. Soyez là avant minuit.

Darius me prend le téléphone des mains. Ses yeux sont ambrés, luisants de colère.

— On ne peut pas arriver à temps, grogne-t-il. On se trouve à l'autre bout du pays. Mais on peut arriver au petit matin. Six heures.

— Il sera trop tard, dit Thom en riant.

Apparemment, il se fera une joie d'assassiner une jeune fille.

— Quatre heures, alors, négocie Darius. On ne peut pas faire mieux. Même avec un jet privé, le vol prend au moins cinq heures.

— Envoyez-moi votre emplacement pour me prouver que vous êtes bien où vous le dites.

— Non ! rugit Teddy.

Thom, ce grand malade, sourit de toutes ses dents. Ça me révolte.

— Qui est avec vous, Darius ? Des membres de votre famille ?

Darius gronde :

— Si vous voulez Paloma, vous devrez attendre quatre heures du matin.

Il raccroche avant que Thom puisse répondre.

— Et s'il n'attend pas ?

La peur me monte dans la gorge.

— Il attendra. S'il fait du mal à Wren, il n'aura plus de

moyen de pression contre toi, et tu es beaucoup trop précieuse pour qu'il prenne ce risque.

Teddy grogne. Ses yeux ont la même lueur ambrée que ceux de son frère. Je regarde autour de moi et réalise que les yeux de tous les frères luisent. Des grondements d'ours font bourdonner toute la pièce.

— On y va, déclare Matthias en se levant.

— Quoi ? demandé-je, tremblante, toujours sous le choc après avoir vu Thom taser Wren. Où ça ?

— On va vous aider, intervient Teddy.

Sa voix est grave et résonnante, plus semblable à celle d'un ours qu'à celle d'un humain.

Je me frotte le visage. Il faut que je réfléchisse, que je trouve quoi faire au sujet de Wren, mais les idées s'embrouillent dans mon cerveau. Darius place une main dans mon dos, et son poids me rassure.

— Vous ne pouvez pas... Je ne peux pas vous demander une chose pareille, dis-je. C'est dangereux.

Je sais qu'ils avaient dit qu'ils nous aideraient, mais à présent, ils devront affronter Thom et ses gardes.

— Le danger, on adore ça, lancent les triplés en chœur.

— Tu es avec Darius, renchérit Matthias. Ça veut dire que tu fais partie de la famille.

Je ne sais pas quoi dire. Je peux seulement les regarder, étranglée par l'émotion.

L'ours géant passe la tête par la porte et grogne. Ce pourrait être effrayant, sauf que je sais qu'il s'agit d'un frère de Darius, et que l'expression sur sa face poilue est pleine de sérieux.

— Il dit « ne t'inquiète pas », interprète Axel.

J'ai une folle envie de caresser la tête de l'ours, mais j'ignore si c'est poli. Alors je hoche la tête et essuie mes larmes de colère.

— On va récupérer Wren, m'assure Darius.

Il me serre dans ses bras puissants, et je me blottis dans son étreinte.

— Carrément, renchérit Hutch tandis que tous les frères m'entourent pour me réconforter. Ils vont réaliser qu'on ne fait pas chier les ours.

# Chapitre Onze

**P**altoma

*aloma*
J'ai l'estomac noué pendant tout le vol qui nous conduit vers l'est. Darius me laisse utiliser un ordinateur portable pendant le vol, et je m'en sers pour élaborer mon propre moyen de pression contre Thom.

Je suis désespérée. C'est terrible de retourner à Lockepoint après avoir tenté de m'en échapper durant tant d'années, mais imaginer les choses abominables que Thom risque de faire à Wren si nous ne rentrons pas à temps est encore pire.

Je ravale mes larmes. *Non, je ne peux pas penser à ça.*

Darius serre ma main dans la sienne. Nous sommes à l'arrière d'un ancien avion militaire. Matthias est assis face à moi et fouille dans une trousse de secours.

Le haut-parleur crépite alors que le pilote fait une annonce. Sa voix est forte, mais inintelligible.

— On approche de Lockepoint, interprète Teddy.

Il est assis à quelques dizaines de centimètres de Darius, à côté de ses anciens amis militaires de la base de Taos. Ce sont également des métamorphes. Avant, ils menaient des opérations spéciales pour l'armée, mais désormais, ils possèdent une boîte de sécurité privée, Black Wolf Security.

— Ça te fait drôle d'être à l'arrière avec nous au lieu de piloter ? Demande l'ancien militaire à Teddy.

Ce dernier hausse les épaules.

— Buddy pilote très bien. C'est moi qui l'ai formé.

Je regarde Darius et son jumeau tour à tour. Je ne pense pas qu'ils aient eu le temps de parler de leur brouille. Ils se sont simplement mis d'accord pour la mettre de côté le temps de m'aider à sauver Wren.

Tous les frères de Bad Bear sont de la mission. Cinq d'entre eux sont à bord d'hélicoptères, tandis que Darius, Teddy et Matthias sont avec moi, ainsi que les anciens militaires, qui nous ont fourni l'avion.

— Comment est-ce que vous avez mis la main sur tout cet équipement ? demandé-je en montrant les alentours.

Un bateau racé en métal gris occupe la majorité de la place.

— Ils ont des amis haut placés, répond Darius.

— Plutôt des amis dans les bas-fonds, dit l'un des types de Taos en me souriant.

J'ai remarqué qu'il était séducteur. Je crois qu'il s'appelle Lance. Ses dents blanches tranchent avec son visage couvert de peinture camouflage.

Teddy, Matthias, Darius et moi n'avons pas de peinture de guerre, seulement des tenues de combat. Je porte un gilet pare-balles qui pèse sur mes épaules. Une nécessité, vu que je suis la seule non-métamorphe du groupe. Les quatre types de Black Wolf Security sont équipés de combinaisons et d'armes dernier cri qui leur permettront d'atteindre des cibles dans le noir.

Il y a quelques jours, je ne savais même pas que les métamorphes existaient. À présent, ils prennent tous les risques pour sauver Wren. Ça me dépasse. Je suis passée de prisonnière enfermée dans une tour et exploitée à jeune femme entourée de nouveaux amis qui se fichent complètement que je sois capable de prédire l'évolution de la Bourse et d'engranger de gros profits.

Le chef de Black Wolf Security, un grand type brun dénommé Rafe, fait le tour du bateau pour se placer devant nous. Il dégage quelque chose de calme et sérieux qui inspire confiance. Comme Matthias.

— On est prêts. On va jeter le bateau à la mer. Vous quatre (il pointe Darius, Matthias, Teddy et moi du doigt), vous descendrez en parachute. Buddy me déposera avec les autres plus près de la plage. On ouvrira une brèche et on vous couvrira pour que vous vous dirigiez droit vers la villa.

J'essaye de me figurer chacune de ces étapes, mais tout ce qui me traverse l'esprit, c'est une succession de scènes tirées des films d'action que j'ai vus.

— Compris ? demande Rafe à la fin de son explication.

Je crois que son discours était conçu pour nous, les civils. J'ai la bouche sèche, mais j'acquiesce.

Teddy se lève, sort trois parachutes, et aide Matthias et Darius à s'équiper.

— Paloma, tu sautes avec Darius, me dit-il.

Mon cœur semble prêt à bondir hors de ma poitrine, mais je me lève pour que Darius puisse m'attacher à lui. Mon pouls affolé se calme lorsque je me colle à lui et absorbe sa chaleur.

— Amusez-vous bien, les tourtereaux, dit Lance.

Darius gronde, mais je lève la main et adresse un doigt d'honneur à l'ex-militaire.

Matthias rit. L'un des types de Black Wolf Security lâche une sorte d'aboiement amusé. Lance se plaque une main sur le cœur, comme si je l'avais blessé.

Rafe secoue la tête.

— Tu l'as bien cherché, frérot.

Puis il ajoute à mon intention :

— Bienvenue dans l'équipe.

Une sonnerie retentit, et j'en fais presque une attaque. Je m'agrippe aux poches du gilet pare-balles de Darius. Nous sommes face à face, et je suis plus heureuse que jamais qu'il ait une carrure de Viking.

— Je te tiens, petite princesse, dit-il de sa voix rauque. Princesse guerrière, je veux dire.

Il se penche pour effleurer mes lèvres avec les siennes.

— Oooh, s'exclament Lance et un autre de ses collègues en chœur. Un bisou ! Un bisou !

Darius et moi leur adressons un geste obscène sans même cesser de nous embrasser. Il sourit contre ma bouche, et je lâche un petit rire. Je ne savais pas que les membres des forces spéciales pouvaient être aussi bébêtes.

Puis Rafe donne le signal, et l'arrière de l'avion s'ouvre. Le vent rugit à quelques dizaines de centimètres de Darius et moi. L'adrénaline m'envahit. Je sors une paire de lunettes à vision nocturne et les mets en place.

Darius m'étreint avec plus de force.

Rafe lève le pouce. Un mécanisme s'enclenche, déployant un parachute blanc-gris. Il s'envole, formant un cercle vif dans la nuit noire. Le bateau le suit.

Rafe et les types de son équipe se rendent au milieu de l'avion. Ils se sont sanglés pour pouvoir s'approcher du gouffre sans être happés.

Teddy passe devant eux d'un pas tranquille et, sans hésitation, il se jette dans l'obscurité. Au début, ses jambes semblent s'élever, puis il suit le même chemin que le bateau.

Matthias range ses lunettes dans sa poche, la referme, et

saute de l'arrière de l'avion. Il se laisse tomber, les bras écartés dans le vent rugissant.

Puis c'est au tour de Darius et moi. Mon estomac fait des saltos tandis que nous approchons du gouffre glacé.

— Allons-y, lancé-je.

Puis le vent me vole mon souffle. Nous tombons à toute allure en direction de l'océan. J'arrive à peine à ouvrir les yeux à cause de l'air froid.

Il y a un à-coup, et Darius déploie son parachute. Je me colle à lui et cligne des paupières sur mes yeux larmoyants tandis que nous flottons avec plus de douceur. Au-dessus de nos têtes, l'avion gronde et se dirige vers la terre ferme, encore assez distante.

Derrière la plage, la villa Lockepoint rayonne. Il y a de la lumière à tous les étages, à toutes les fenêtres. Elle est sublime, et ridiculement vulnérable.

L'orgueil démesuré de Thom causera sa perte.

L'avion plane à basse altitude. À contre-jour des lumières vives de Lockepoint, je vois quatre silhouettes noires en sauter. Elles frappent l'eau avec un léger bruit d'éclaboussure.

— Ils n'ont pas de parachutes, m'exclamé-je.

— Ils n'en ont pas besoin, murmure Darius. Ce sont des métamorphes. Ils peuvent survivre à cette chute. Ils vont s'emparer de la plage et dégager le chemin pour qu'on puisse accoster avec le bateau.

Mes cheveux agités par le vent me fouettent le visage. L'eau est de plus en plus proche. Je me prépare à l'impact. Tout le monde n'est pas fan de baignades en plein mois de novembre.

Je jette un regard en dessous de nous et tire sur le gilet pare-balles de Darius pour attirer son attention.

— Regarde.

En contrebas, Teddy et Matthias sont montés sur le bateau. Teddy est à la barre, et il se dirige vers nous.

— Parfait timing, commente Darius.

Il triture un mécanisme de son parachute et nous fait planer vers la droite. Teddy se place en dessous de nous. Matthias se lève, prêt à nous rattraper. Les deux frères sont trempés.

— Accroche-toi, me dit Darius.

Il libère le parachute, et nous tombons sur une courte distance. Je serre les dents pour ne pas crier.

Les pieds de Darius frappent bruyamment l'intérieur métallique du bateau. J'ignore comment, mais il parvient à garder l'équilibre malgré la mer agitée. Sûrement un autre don des métamorphes. Darius me détache et m'examine tandis que Teddy prend la direction de la plage. J'ai les jambes en coton, mais je m'accroche à Darius.

Soudain, il me serre contre lui et m'allonge par terre, couché sur moi. Mes oreilles sifflent. Au loin retentissent le pan pan pan des balles et le crépitement des mitrailleuses qui leur répondent.

— Ils prennent la plage d'assaut, annonce Teddy en ralentissant.

Le vent se tait.

— On ne devrait pas les aider ? m'enquiers-je, recroquevillée sous Darius.

— Nan, ils s'en sortiront. On attend le signal.

Je lui donne une tape sur le bras.

— Tu peux me laisser me lever.

— Elle porte un gilet pare-balles, lui dit Matthias. Tu te souviens ?

— Désolé.

Darius m'aide à me relever, les yeux brillants.

— Te protéger est ma priorité.

— Tiens, dit Matthias, qui lui tend un casque noir.

Darius me le met sur la tête. J'ai accepté de le porter car il résiste aux balles, mais il doit être dernier cri. La visière me permet de voir dans le noir. Tout est vert, et je repère les taches blanc-jaune de la signature thermique des silhouettes au loin. Fascinée, je les regarde grimper sur les dunes, avant de fondre sur les postes de guet. Des détonations retentissent et provoquent de petites avalanches de sable. Puis les silhouettes se ruent sur les gardes qui ont survécu à l'explosion des postes de guet pour les abattre.

— Il faut qu'on se rapproche pour se tenir prêts, dit Matthias.

À travers mon casque, le son de leurs voix est amplifié, tandis que le bruit des balles semble étouffé.

— Ça marche, répond Teddy en accélérant. Préparez-vous.

— À quoi ?

Ma propre voix résonne dans le casque, mais les jumeaux m'entendent parfaitement. Avant que nous quittions la montagne, Hutch m'a révélé que les métamorphes avaient une ouïe supérieure et pouvaient voir dans le noir. Je commence à comprendre pourquoi les forces spéciales représentent une carrière de choix pour eux.

— On se prépare à la diversion, répond Teddy.

Un sifflement sonore retentit, et des pétards explosent dans le ciel derrière Lockepoint.

Matthias sourit.

— Ça y est. On peut remercier nos amis. Ils se sont faufilés par la route.

D'autres pétards explosent, illuminant le ciel de toutes les couleurs de l'arc-en-ciel.

Deux hélicoptères apparaissent à l'est et à l'ouest. Ils volent jusqu'à la maison et s'arrêtent au-dessus des pignons.

Une corde descend des deux appareils, et deux silhouettes glissent jusqu'au toit.

Je n'en suis pas certaine, mais je crois que l'une d'elles porte un kilt.

— Axel et Canyon, murmure Darius.

L'un des hélicoptères penche sur le côté, et une forme gigantesque bondit sur le toit en pente de mon ancienne tour. Elle se dresse, puis fait un signe au pilote avant de s'éloigner à la hâte.

— Est-ce que c'est... ?

— Oui, c'est Everest, me confirme Matthias. Son arrivée, c'est la dernière étape de l'attaque aérienne.

L'ours se laisse retomber à quatre pattes et pousse un rugissement résonnant.

Teddy est occupé à faire vrombir le moteur du bateau.

— Accrochez-vous.

Nous bondissons sur l'eau en direction de la plage. Je crispe chacun de mes muscles, prête à être secouée quand la coque heurtera la grève. Mais Darius me prend dans ses bras, s'accroupit, et bondit sur le sable juste avant l'impact.

Matthias et lui atterrissent côte à côte. Aussitôt, deux silhouettes vêtues de noir, mais dorées dans la visière de mon casque, nous encadrent. C'est Lance et Rafe.

— On y va, dit Rafe.

Lance et lui brandissent leurs fusils et s'accroupissent pour nous couvrir tandis que nous traversons la plage au pas de course. Je laisse Darius me porter. Il est plus rapide que moi, et je suis pressée de trouver Wren.

Quelques secondes plus tard, nous nous trouvons devant une porte latérale. Matthias l'enfonce d'un coup de pied, et Rafe et Lance entrent les premiers avec leurs armes pour vérifier que la voie est libre.

— R.A.S., lancent-ils avant de s'élancer à nouveau.

Nous traversons la maison. Rafe et Lance passent d'abord pour vérifier que chaque pièce est sécurisée, puis Matthias, Darius et moi leur emboîtons le pas.

Les lieux sont étrangement calmes. Les points lumineux des viseurs de fusils balaient les sols de marbre. Les tableaux inestimables qui ornent les murs sont les témoins silencieux de notre invasion.

— L'aile ouest, dis-je. C'est là que Thom doit cacher Wren, dans la chambre forte. Il aura des renforts.

— Plus maintenant, lance quelqu'un.

Canyon arrive au coin du couloir, s'arrêtant seulement lorsque les viseurs des fusils se pointent sur son torse nu.

— On s'est frayé un chemin par le toit, et on a dégommé deux douzaines de types d'un coup. Everest les balançait par les fenêtres. C'est quoi le verbe, déjà ?

— Défenestrer, répond Axel en apparaissant derrière Canyon, occupé à manger ce qui ressemble à une pomme. La voie est libre pour l'aile ouest.

— Allons-y, dis-je en avançant. Par là.

Darius et ses frères. forment un cercle autour de moi.

— La chambre forte se trouve au sous-sol. Il y aura d'autres gardes là-bas.

— On leur réglera leur compte, gronde Matthias, les yeux illuminés d'une inquiétante lueur bleue. Le moment est venu de leur montrer que nos ours sont redoutables.

# Chapitre Douze

D*arius*

Nous traversons le couloir. J'essaye de rester un pas devant Paloma afin de la protéger des balles éventuelles, mais c'est elle qui nous guide.

Derrière moi, j'entends un froissement de plastique. Axel a terminé sa pomme et mange autre chose. Des nachos, vu l'odeur.

— Comment tu peux bouffer dans un moment pareil ? lui demande Lance.

Axel hausse les épaules.

— Il a toujours de quoi grignoter, dit Canyon. Tu en as pour moi ?

— Non.

Axel renverse le sachet pour faire tomber les dernières miettes dans sa bouche.

— On se concentre, ordonne Matthias.

Je suis content qu'il soit avec nous. À l'exception de ma mère, c'est la seule personne capable de faire rentrer Axel et les triplés dans le rang.

Moi, j'ai de plus gros soucis.

Je le sens. Mon ours. Il essaye d'exploser hors de ma peau.

*Pas maintenant*, lui dis-je.

*Compagne.* Il m'envoie une image de moi sous forme d'ours, Paloma dans les bras. *Pour la protéger.*

*Je la protège déjà.* Je serre les dents et oblige mon ours à baisser les armes. Perdre la maîtrise de mon ours, c'est la dernière chose dont j'ai besoin, là. Il faut que je garde mes esprits.

Nous avons atteint le couloir où Axel et Canyon ont abattu plusieurs gardes. Il y a des cadavres partout. Le mur est maculé de sang, là où les hommes ont été projetés contre les murs. Des traces de pattes mènent en haut des escaliers. Everest est passé par là.

— On descend, nous dit Paloma.

Elle recule pour laisser Rafe et Lance descendre la première volée de marches en tête.

— La plus grosse chambre forte se trouve au sous-sol.

À chaque pas que nous faisons, la tension monte.

Nous atteignons une porte verrouillée avec un clavier noir et un détecteur d'empreintes digitales.

— Laissez-moi essayer.

Paloma s'avance et pose la main dessus, mais le détecteur clignote en rouge.

— Plan B, annonce Rafe.

Il donne un coup de poing dans le mur et arrache le clavier.

Des barres de métal descendent, mais nous nous dépêchons de les saisir. Tout le monde s'y met, sauf Paloma. Nous devons y mettre toutes nos forces, mais nous parvenons à plier le métal et à creuser un trou pour arracher le cadre de la porte.

Derrière, tout est noir, à part des lumières orange qui clignotent.

— Pas besoin de se faire discrets, lance Rafe. Ils savent qu'on est là.

Lance et lui se ruent dans la brèche. Matthias et moi sommes les suivants, de part et d'autre de Paloma. Axel et Canyon ferment la marche.

Nous protégeons Paloma de toutes parts, tel un mur de métamorphes préparés à encaisser le plus gros d'une attaque.

Et c'est une bonne chose, car trois secondes plus tard, nous sommes confrontés à d'autres gardes.

*Paloma*

Des tirs retentissent et quelqu'un rugit de douleur. Un instant plus tard, je suis plaquée contre le mur, couverte par Darius. Je jette un regard sous son bras.

Mon casque donne une teinte verte inquiétante au couloir. Des formes dorées vont et viennent. Lance et Rafe s'accroupissent pour rendre les tirs. Les frères métamorphes se ruent sur les tireurs.

Je jette un coup d'œil derrière nous.

— Attention ! m'écrié-je.

Une autre nuée de gardes est en train de descendre l'escalier.

Axel et Canyon se retournent, et des filets jaillissent. Ils tombent sur le plus jeune des ours-garous, et ses fils scintillent sous la lumière clignotante. Canyon hurle et se tord dans tous les sens.

Darius pousse un juron.

— Vas-y, lui dis-je en le poussant.

Je regrette de ne pas être armée pour les aider. Au lieu de cela, je me recroqueville pour être moins facile à atteindre, et Darius fonce dans la bataille.

L'espace d'un instant, tout n'est qu'échange de tirs, cris et rugissements. Je m'approche à quatre pattes de l'ours le plus proche. Axel. Le filet est étonnamment lourd, comme un filet de pêche fait de métal, mais je parviens à en soulever un coin. Haletant, Axel se glisse par en dessous. Puis nous rampons ensemble pour aller libérer Canyon. Il s'époumone lorsque nous tirons sur le filet, et il reste allongé, tremblant. Les lumières clignotent, révélant son torse nu. Il est sillonné de lignes rouges, comme s'il avait été brûlé.

— Qu'est-ce qu'il a ? demandé-je à Axel.

— C'est l'argent, répond-il, le visage barré de traces rouges. Ce filet est nocif pour les métamorphes.

Mon sang ne fait qu'un tour. Les nouveaux gardes possèdent des armes conçues pour lutter contre les membres de leur espèce.

— Mais alors... ça veut dire...

Les lumières s'éteignent complètement. Je suis brièvement aveuglée, le temps que le casque s'ajuste.

Darius, Matthias, Rafe et Lance se tiennent au milieu des cadavres empilés de chaque côté de nous.

— Ils savent ce que nous sommes, dit Rafe d'une voix rauque. Et ils savent comment nous combattre.

— Non, soufflé-je.

C'est un cauchemar. Ces métamorphes prennent tous les risques pour m'aider, et à présent, leur vie est également en danger.

Des oreillettes crépitent. Rafe et Lance posent le doigt sur les leurs comme un seul homme.

— Des nouvelles de l'extérieur, annonce Lance. Deke et Channing sont coincés.

— Dis-leur qu'ils ont des filets en argent, dit Matthias, qui est accroupi à côté de Canyon et Axel pour examiner leurs plaies.

— Je vais m'en remettre, proteste Canyon d'une voix éraillée.

Son corps est quadrillé de lignes rouges. C'est lui le plus touché, car il ne portait pas de chemise. Axel, lui, a seulement des marques sur les bras et le visage. Matthias et Axel soulèvent Canyon.

— Vous n'avez pas de temps à perdre, dit ce dernier en repoussant Matthias.

Il prend appui sur Axel, et ils vacillent tous les deux avant de retrouver l'équilibre.

— Il faut qu'on aille chercher Wren, dit Axel, les yeux brillants d'une lueur verte.

— Non, vous êtes blessés. Transformez-vous tout de suite, ordonne Matthias. Vous guérirez plus vite.

— Mais... proteste Canyon.

— Immédiatement, gronde leur aîné.

Sa voix résonne contre les murs comme dans un amphithéâtre. J'en ai la chair de poule.

Canyon et Axel obéissent. Ils se laissent tomber à quatre pattes, le dos courbé. Une seconde plus tard, ils se sont transformés en ours.

— Partez, ordonne Matthias. Allez chercher Everest et fuyez par tous les moyens.

Il attend qu'ils se soient éloignés d'un pas lourd, puis ajoute en direction de Rafe et Lance :

— Vous devez partir, vous aussi. Couvrez mes frères, et ensuite, allez prêter main-forte à votre équipe.

— Tu en es sûr ? demande Rafe.

— On se débrouille, dit Darius.

Il tourne les talons, et je le suis, trébuchant sur le filet abandonné. Il me rattrape. Matthias ferme la marche. Rafe et Lance ont disparu.

Nous atteignons la porte ronde au bout du couloir. La chambre forte. Il n'y a plus de gardes, mais aucun moyen d'entrer.

C'est à moi de jouer.

J'enlève mon casque. L'air frais frappe mes tempes en sueur.

— Thom, lancé-je. Tu voulais que je rentre. Me voici.

# Chapitre Treize

P*aloma*

Il ne se passe rien. Thom ne réagit pas à ma provocation. Mon cœur se serre.

Darius et Matthias approchent.

— On peut essayer de forcer la porte.

— Non, dis-je. Toute la chambre est faite d'acier.

Matthias lève une main. Ses ongles se sont transformés en griffes d'ours.

— On peut essayer.

Sa voix est étranglée, comme si ses cordes vocales s'étaient en partie métamorphosées.

— Il détient Wren, dis-je en secouant la tête. Si on tente quoi que ce soit, il lui fera du mal. Mais celle qu'il veut vraiment, c'est moi.

J'entends un sifflement, et je recule par réflexe. La porte s'ouvre lentement, révélant Thom. Il tient ma sœur comme un bouclier. Elle a les yeux fermés.

Il colle une aiguille avec une seringue remplie d'un liquide transparent contre sa gorge.

— Tu es en retard, m'informe-t-il.

Je lève les mains pour lui montrer que je ne suis pas armée.

— Ce n'est pas elle que tu veux. C'est moi.

Je fais un pas en avant.

— *Paloma*, proteste Darius en me barrant la route.

Un homme gigantesque sort de l'ombre derrière Thom. Il a un drôle de pistolet au canon allongé à la main. Il tire deux coups de suite.

Je sursaute, mais c'est Darius qui est touché. Il tombe à moitié sur moi. Je titube sous son poids, et nous nous affaissons par terre.

Non loin de nous, Matthias s'écrase contre le mur. Il griffe son épaule en sang. Il est touché, lui aussi. Il gémit et glisse sur le sol en laissant une marque de sang sur le mur. Sa tête se renverse en arrière, et ses paupières se ferment.

Darius grogne et me repousse. Son flanc est ensanglanté, mais il est toujours capable de bouger. La balle a dû l'effleurer.

Je rampe pour ne plus être coincée sous son corps. Il pose les mains à plat sur le sol pour se redresser, les veines de son visage gonflées.

— Éloigne... toi..., me dit-il.

Ses yeux sont deux gouffres enflammés. Ses dents s'allongent jusqu'à ce que ses mâchoires ne les contiennent plus. Son ours est sur le point de se libérer.

Je recule maladroitement, juste à temps pour faire de la place au sbire de Thom, qui déploie un filet d'argent.

Darius pousse un rugissement assourdissant. Il est piégé sous le filet et se tord de douleur. Ses os craquent sous les assauts de son ours.

L'homme de main de Thom lève son arme.

— Non !

Je fais un bond en avant pour me placer devant le canon du pistolet.

— Ne leur faites pas de mal.

Tout en m'assurant de cacher le corps de Darius avec le mien, je fais face à Thom.

— C'est moi que tu veux. Prends-moi. Mais ne leur fais pas de mal.

— Elle a raison, dit Thom à son armoire à glace. C'est elle qui vaut de l'or. Saisissez-la.

L'homme me saute dessus avec la grâce de prédateur que j'ai remarquée chez les autres métamorphes. Ses yeux sont d'un noir d'encre. Comme ceux d'un démon cauchemardesque.

Thom lâche ma sœur. Elle tombe comme une poupée de chiffon.

— Wren ! m'exclamé-je.

Le grand type s'empare de moi. Je me débats, tente de lui échapper, mais il me tient en étau. Ses mains sont tellement grandes qu'elles font le tour de mes bras.

Au fond de la chambre forte, Thom tape quelque chose sur un clavier.

— Qu'est-ce que tu as fait à ma sœur ? vociféré-je. Qu'est-ce qu'elle a ?

— Je te l'ai dit, tu arrives trop tard.

Le clavier bipe, et une porte s'ouvre sur un tunnel qui sent le renfermé.

— Je lui ai déjà injecté la substance. Mais hélas, nous n'avons pas le temps de la regarder mourir.

— Non ! hurlé-je.

Sous son filet, Darius rugit.

Thom baisse la tête pour pénétrer dans le tunnel et fait signe à son sbire de suivre le mouvement. Je plante les talons dans le sol, mais je suis impuissante lorsque la brute me traîne avec lui.

* * *

*Darius*

Je suis piégé. Toutes mes forces sont mobilisées pour lutter contre mon ours. Mon échine craque tandis qu'il essaye de prendre le dessus. La blessure à mon flanc ne m'aide pas. La balle m'a seulement éraflé, mais elle était en argent. Je saigne, et le métal empoisonné enrage mon ours. Je perds le contrôle.

Impuissant, je vois Thom et son garde, un métamorphe quelconque, traîner Paloma à travers une deuxième porte renforcée. Celle-ci se referme dans un souffle et se verrouille. Je reste seul avec mon frère tombé au combat et la sœur de Paloma.

*Non. Va la chercher tout de suite*, ordonne mon ours en débattant. Si je me transforme maintenant, l'argent brûlera chaque centimètre carré de son corps. Je dois le remettre dans sa cage.

À côté de moi, Matthias grogne. Il a été touché par une balle d'argent. Vu son état de faiblesse, la balle doit toujours être dans sa chair. Il faut que je me débarrasse de ce filet pour lui venir en aide.

— Matthias ? Darius ? rugit Teddy à l'autre bout du couloir.

Il se rue vers nous, une mitrailleuse à la main. Il porte la combinaison noire taillée dans un matériau spécial que revêtent les membres de son ancienne unité en mission. Le tissu s'étire sans se rompre même quand ils se transforment.

186

Son visage et sa barbe sont barbouillés de sang. Sur la plage, le combat a dû être rude.

— Par ici ! lancé-je.

Il s'arrête pour arracher le gilet pare-balles d'un garde mort et se couvre les mains avant de tirer sur le filet dont je suis couvert. Pendant que je me lève, submergé par l'adrénaline, mon jumeau s'accroupit à côté de Matthias.

— Que s'est-il passé ?

— Le garde du corps de Thom a tiré sur Matthias. Ils ont enlevé Paloma.

Je serre les poings, luttant contre mon ours. Mes ongles sont désormais des griffes qui me déchirent les paumes.

*Laisse-moi SORTIR*, gronde-t-il.

*Jamais*, réponds-je.

Teddy me regarde en fronçant les sourcils, mais il se retourne pour asseoir Matthias contre le mur. Ce dernier est vivant, et ses canines se sont allongées pendant que son ours luttait contre le poison.

— Épaule, halète Matthias. Balle d'argent.

Teddy lève une main, et ses griffes sortent. Il tranche la chair de Matthias. Ce dernier pousse un rugissement qui fait trembler les murs pendant que mon jumeau extrait la balle.

Je gagne le combat contre mon ours et me lève pour aller voir Wren. Elle est inerte sur le sol, les paupières closes, le visage pâle. Je pose une main sur sa gorge pour prendre son pouls.

Il bat, mais il est très faible.

— Non, soufflé-je. Non...

Je n'ai pas été à la hauteur, ni avec Paloma, ni avec Wren, ni avec qui que ce soit.

Teddy aide Matthias à se relever. Ce dernier approche en boitillant.

— Il est trop tard, dis-je. Thom lui a injecté quelque chose... comme il avait menacé de le faire.

— Soulève-la, dit Matthias.

Il s'agenouille à mes côtés. Son épaule est toute déchiquetée, mais il a l'air déterminé. Il ouvre son gilet pare-balles et en sort une petite serviette en tissu qui contient plusieurs fioles. Il en choisit une et prépare une seringue.

Teddy place délicatement une main sous la nuque de Wren pour l'asseoir.

Je lui caresse la tête.

— Tout va bien, Wren. On est des amis de Paloma.

Elle marmonne quelque chose, mais n'ouvre pas les yeux. Elle ressemble énormément à sa sœur, avec son visage en forme de cœur et ses cheveux noirs. Elle est plus mince, avec des os fins dignes du petit oiseau dont elle tire son prénom, le troglodyte. Elle est légère comme une plume.

— Tendez son bras, ordonne Matthias.

Il est désormais pleinement dans son rôle de docteur. Ou son rôle d'alpha, peut-être. En tout cas, quand il a parlé à Axel et Canyon, il a injecté toute son autorité dans sa voix.

Il désinfecte le bras de Wren, dont le membre paraît minuscule et fragile à côté de la grosse main de mon frère.

— Wren, écoute-moi, dit-il d'une voix grave et rassurante. Tu vas t'en sortir. J'ai un antidote.

Il vérifie que sa seringue ne contient pas de bulles d'air.

— Qu'est-ce que c'est ? demandé-je.

Le liquide est transparent, mais mes yeux de métamorphe y détectent une légère teinte rosée.

— Un mélange spécial que j'ai mis au point. Il comprend un antidote universel, un don d'un ami vampire.

Le sang de vampire est capable de guérir les humains.

Je regarde Matthias procéder à l'injection et je me

penche sur Wren. Même mon ours garde le silence, espérant que ça va marcher.

Le calme pesant est rompu par son exclamation aiguë.

— Son cœur bat plus fort, annonce Matthias en se levant et en refermant sa serviette. Mais il faut qu'on l'emmène loin d'ici.

Je me mets debout en portant Wren.

— Je dois trouver Paloma.

Teddy se tourne vers le fond de la pièce et déclare :

— Dans ce cas, cette porte doit sauter.

Ses yeux lancent des éclairs, et il massacre le mur voisin. Il arrache des pans entiers de contreplaqué et atteint les pierres qui se trouvent derrière. Sans faire de pause, il creuse le matériau avec ses griffes tout autour de la porte.

— Je vais la porter, me dit Matthias en tendant les bras.

J'y place doucement Wren, et il la serre contre son épaule indemne.

Je me détourne et aide mon jumeau à creuser le mur. Son corps grandit, gonfle et se couvre de fourrure. Avec sa force de grizzly, il arrache la porte.

Il me fait face, sous forme d'ours. *Vas-y*, semble-t-il me dire. *Va chercher ta compagne.*

— Protège Wren.

Je lui donne une tape sur l'épaule avant de me ruer dans le tunnel froid et humide.

J'entends Teddy rejoindre Matthias d'un pas lourd. Ils tireront Wren de là. Je leur fais confiance.

Je n'ai parcouru que la moitié du tunnel avant de détecter l'odeur de Paloma.

Puis je dois m'appuyer contre le mur couvert de moisissure pour empêcher mon ours de se libérer.

*Laisse-moi sortir. C'est à moi de jouer, maintenant.*

— Non, répliqué-je, crocs serrés, tombant presque à genoux. Non.

*On perd du temps !*

De l'air frais souffle jusqu'à moi. J'ai bientôt atteint la fin du tunnel. Je dois me battre contre mon ours à chaque pas, l'échine courbée et les muscles crispés. J'émerge, plié en deux.

Les renforts de Thompson m'attendent. Une pluie de fléchettes frappe mon corps. J'en extrais une en grognant, et son aiguille d'argent me brûle les doigts. Je la jette et me débarrasse des autres fléchettes, mais mon sang est en feu. Je fais un pas, et une vague de faiblesse s'abat sur moi. Mes membres se transforment en plomb, et je trébuche.

Un filet d'argent me fait tomber, et le poison dans mes veines me plonge dans le néant.

# Chapitre Quatorze

Darius

Je nage dans une mer de douleur. Des cris, des hurlements retentissent au loin, puis j'entends le bruit métallique d'une grille qui se ferme.

Je reviens à moi quand une main pleine de douceur se ferme sur la mienne. Je sursaute, et Paloma met un doigt devant sa bouche.

— Chut, Darius. Je suis là.

— Princesse ?

J'entrouvre les yeux, mais le monde qui m'entoure est flou. J'ai mal au crâne, comme si quelqu'un me donnait des coups de massue.

— Oh, tu es réveillé, Dieu merci.

Les cheveux soyeux de Paloma tombent sur ma joue, et je tourne la tête pour humer son odeur sucrée.

Ma peau brûle là où le filet l'a touchée, mais cette douleur n'est rien à côté de l'incendie qui fait rage en moi. J'ignore ce qu'il y avait dans ces fléchettes, mais c'était du poison. Je me sens terriblement faible.

— Où...

— On nous a emmenés quelque part. J'ai entendu l'un des gardes dire qu'on se trouvait sur une propriété privée, mais je ne sais pas où. J'ai été droguée. Toi aussi.

Elle a un sanglot. Elle a pleuré.

J'ai envie de lever une main pour la consoler, mais je n'arrive pas à la soulever de plus de quelques centimètres. Elle la prend entre ses paumes.

J'ai quelque chose d'important à lui dire. Je fouille le brouillard de ma mémoire.

— Wren, bredouillé-je.

— Je sais, dit Paloma, et sa voix se brise. Thom l'a empoisonnée. Je la sens toujours, mais elle est forcément morte.

— Non. Matthias. Antidote.

Mes lèvres sont lourdes, mais je m'efforce de former des mots.

— Elle... vivante.

— *Ay, Dios mio*, s'exclame Paloma. Oh, merci.

Elle colle ma main à son visage. Je sens la pluie de ses larmes.

— Tout va bien.

— On va s'en sortir, dit-elle. C'est promis.

— Je ne parierais pas là-dessus, intervient une voix râpeuse.

Une forte odeur de clou de girofle me frappe. Un pas lourd et bruyant la fait approcher.

— Administrez-lui une autre dose de tranquillisant. Il est réveillé.

— Arrêtez, proteste Paloma. Qu'est-ce que vous faites ?

Elle me lâche la main, et je la sens se lever pour me défendre.

— Laissez-le tranquille !

Un grondement monte dans ma poitrine quand mon

ours fait entendre sa colère. Un sifflement retentit, et une nouvelle fléchette se plante dans mon torse.

— C'est seulement un truc pour le mettre K.O., répond le type. C'est un mélange spécial pour métamorphes. Ça brûle, mais il n'y a pas assez d'argent dedans pour le tuer.

J'entends Paloma lutter, et mon ours monte à la surface, me permettant de me redresser. Mais la fléchette a fait son œuvre, et le tranquillisant court dans mes veines. Je perds connaissance.

Une lourde main se pose sur ma poitrine et me pousse avec une facilité risible. L'odeur abrutissante de clou de girofle m'étouffe.

— Repose-toi, l'homme-ours. Tu nous serviras plus tard.

* * *

*Paloma*

Je vois le corps de Darius s'effondrer. Le type qui se tient sur lui doit être une sorte de métamorphe. Il est gigantesque, avec un visage balafré. De grosses lunettes noires dissimulent ses yeux de démon.

Il repose l'arbalète dont il s'est servi pour envoyer une fléchette à Darius, puis il se tourne vers moi.

— Thompson veut vous voir.

Je croise les bras.

— Si vous croyez que je vais faire ce qu'il me demande, vous rêvez.

Maintenant que j'ai la certitude que Wren est en sécurité, toutes mes émotions se sont transformées en rage.

— Comme vous voudrez, dit-il en haussant les épaules. La vie de l'homme-ours n'est pas entre mes mains.

— Qu'est-ce que vous allez lui faire ?

J'espère que dans sa jubilation, il me révélera d'autres informations. Je ne sais pas grand-chose de notre situation. Les hommes de Thom m'ont endormie. À mon réveil, j'étais ici, dans ce hangar glacé au sol bétonné, allongée sur une table d'examen à côté de Darius. Lui est entravé par des chaînes d'argent, mais moi, je suis libre de mes mouvements. Pour l'instant.

Le grand type ne me répond pas. La porte au fond du hangar s'ouvre violemment, et Thom fait son entrée d'un pas léger, suivi par un groupe de gardes.

— Paloma, lance-t-il de sa voix nasillarde. Qu'est-ce que tu as fait ?

Je me place entre Darius et lui. Thom se dirige vers moi d'un pas pesant. Il est censé m'intimider, avec son expression furieuse et ses gardes armés. Mais je ne ressens aucune peur, que de la haine. Cet homme nous a emprisonnées, ma sœur et moi. Il a tenté d'assassiner Wren et a bien failli réussir. Il a ordonné à ses troupes de tuer mes amis.

Il mérite ce qui l'attend, et plus encore.

— Sale gamine, dit-il, sa peau pâle désormais rouge vif. Comment oses-tu menacer mon capital !

Je sais ce qui le met en colère à ce point. Il a découvert les opérations boursières que j'ai effectuées pendant notre vol jusqu'ici. Je me suis assurée de provoquer la ruine de Thompson Capital. Je connais ses investissements sur le bout des doigts, et je sais comment les viser.

— Qu'est-ce qui ne va pas, Thom ? le nargué-je. Quelqu'un aurait-il gonflé les profits des entreprises que tu arnaquais ? Quand ces opérations seront validées, tu te retrouveras le bec dans l'eau.

— Sale garce.

J'examine mes ongles.

— Attention. Tu vas faire une autre crise cardiaque. Ce ne sont que quelques centaines de milliards, après tout.

— Tu me les regagneras. Jusqu'au dernier centime. Sinon...

— Sinon quoi ? Tu tueras une gamine innocente ? J'en ai ras le bol de tes menaces. Tu peux me tuer. Mais dans ce cas, tout sera terminé. Tu n'auras plus rien. Tu ne *seras* plus rien. Parce que c'est à ça que tu te résumes, non ? Tu as hérité d'une fortune, et en une petite décennie, tu avais presque fait couler les entreprises de ta famille.

— Ferme-la...

Il s'apprête à me donner une gifle, mais je chasse sa main d'une claque. Il n'a pas l'habitude que je lui tienne tête.

— Tu sais bien que c'est vrai. La seule chose que tu as réussi à faire, c'est tuer mes parents et nous emprisonner, Wren et moi, pour que je fasse ta fortune. Mais quelques clics m'ont suffi à tout reprendre. Tu es un raté. Et le monde va le savoir.

— Tu vas rebâtir tout ce que tu m'as pris. Je t'enchaînerai ici, et tu ne reverras plus le soleil...

— Je ne bosserai plus *jamais* pour toi.

Je me sers de ma colère comme d'une arme. Je ne m'étais encore jamais sentie aussi puissante face à Thom. Avant, j'étais prisonnière de sa toile. Maintenant que Darius m'a libérée, je renais.

Il bafouille, incapable de s'exprimer.

Un téléphone sonne. Il sort son portable et se raidit en voyant le nom sur l'écran.

— C'est l'un de tes amis investisseurs ? demandé-je.

Comme il devient rouge comme une tomate, j'en conclus que j'ai vu juste.

— Ils ne doivent pas être contents, vu la fortune que tu leur as fait perdre.

Il range son téléphone.

— Oh, ils seront ravis, dit-il, le souffle court, mais une note triomphante dans la voix. Car non seulement tu vas rebâtir mes investissements, mais tu vas aussi rebâtir les leurs. Et j'ai autre chose à leur offrir. Un métamorphe à chasser.

Je retiens mon souffle. J'ai l'impression d'avoir reçu un coup de poing dans le ventre. Son sourire me donne la chair de moule. La terreur s'empare lentement de moi, me vide de ma colère et du sentiment de pouvoir que je ressentais il y a un instant.

— Tu ne ferais pas ça.

Il éclate de rire, content d'avoir repris la main.

— Tu ne sais pas tout de moi, ma chère fille. J'appartiens à un club très privé. On s'appelle les Venatores. C'est un mot latin qui veut dire *chasseurs*. Et devine quelle est notre proie favorite ?

— Non, dis-je d'une voix éraillée.

Je ne veux pas y croire, mais c'est logique. Les chaînes d'argent, les filets, les tranquillisants : les hommes de Thom étaient équipés pour affronter des métamorphes. S'il a exigé que je rentre avec Darius, ce n'était pas simplement pour se venger.

Il est malade.

— Oh, mais si. Les proies banales, ça ne nous stimule plus. C'est pour cette raison que j'ai invité Darius à Locke-point. Pour vérifier ce qu'Hannibal avait reniflé.

Il pointe le géant balafré du doigt. Hannibal doit être un métamorphe, lui aussi, un métamorphe qui trahit sa propre espèce. Après tout, qui de mieux qu'un méta-morphe pour apprendre aux humains à chasser les métamorphes ? Il connaît chacune de leurs forces et de leurs faiblesses.

Thom penche la tête sur le côté.

— Tu crois que les frères de Darius viendront à sa rescousse, si on leur envoie un signal de détresse ?

Mes veines se glacent à l'idée que les ours-garous viennent nous sauver, tout ça pour finir capturés les uns après les autres.

— Non, dis-je d'une voix brisée. Tu ne peux pas.

— Je vais me gêner. Darius sera le premier à être chassé, juste après avoir appelé ses amis.

— Il refusera.

— Je ne pense pas.

Thom fait un geste, et un garde s'avance, ouvre une mallette, et me montre les fioles qui s'y trouvent.

— Surtout si je menace de t'empoisonner, poursuit Thom. Si j'ai appris une chose sur les métamorphes, c'est bien celle-là. Ils sont prêts à tout quand on menace leur compagne destinée.

*Wren*

— Tu es sûre de vouloir faire ça ? me demande le médecin, Matthias.

Il est assis au chevet du lit de la chambre d'amis où je me trouve. Derrière lui, le blond gigantesque, Teddy, et sa femme Lana se tiennent sur le seuil. Matthias et Teddy sont des amis de ma sœur, et ils m'ont sauvée. Apparemment, j'étais aux portes de la mort après que Thom m'a empoisonnée. Heureusement que Matthias était là pour me soigner.

Là, je me sens parfaitement bien. Je ressens une bouffée d'énergie, et au lieu de rester me reposer, j'ai envie de me démener pour sauver Paloma.

— Certaine, réponds-je.

Je repose ma tête sur l'oreiller et ferme les paupières avant qu'ils puissent protester. Me connecter psychiquement à ma sœur est simple comme bonjour. Mes sauveurs la cherchent par tous les moyens, elle et son petit ami, Darius. Thom les séquestre, mais personne ne sait où. Grâce à mes dons de clairvoyance, je pourrai Voir où ils sont et peut-être trouver des indices sur leur emplacement.

Je calme ma respiration, comme me l'a appris Paloma, et je tombe en transe. Soudain, je me vois d'en haut, allongée sur le lit. Matthias attend à côté de moi, tête baissée, songeur. Teddy arpente le salon de sa superbe demeure montagnarde. Lana l'observe d'un air inquiet.

Je me laisse emporter, et ma vision se floute. J'étends mon champ magnétique en imaginant une boule de lumière qui pulse, de plus en plus grande, jusqu'à ce qu'elle s'étende sur tout l'horizon. Ma sœur est quelque part, et je sens son énergie. Elle ressemble tant à la mienne.

Tout à coup, elle est juste à côté de moi. Je colle mon énergie à la sienne, mais Paloma est trop préoccupée. Son champ est chargé d'inquiétude et d'une tristesse pesante. J'imagine que de la lumière et de l'amour flottent de mon cœur jusqu'au sien.

L'endroit où elle se trouve devient plus clair. Je continue de la nourrir de ma chaleur, et je laisse ma vision devenir plus solide.

Elle est assise dans une sorte de grand entrepôt, cernée de caisses et de gardes. Darius est à ses côtés. J'examine chaque détail de ce qui l'entoure pour essayer de trouver un indice.

— Ils sont dans un entrepôt, dans une zone boisée. À haute altitude, murmuré-je.

— Bien, c'est très bien, dit Teddy. Ils sont en vie ? Qu'est-ce que tu vois d'autre ?

— Thom est là. Je... ne le vois pas, mais je le sens. Beurk.

*Wren* ? Paloma a perçu ma présence, même si elle ne me voit pas. J'envoie une bouffée d'amour dans sa direction. Elle est toujours inquiète et déroutée, mais elle accepte ma présence.

Satisfaite, je me tourne vers Darius. Son énergie est une plaie à vif et lancinante que je ne peux plus ignorer. Il souffre trop.

Je m'agenouille à ses côtés et tente de lui envoyer une énergie salvatrice. Je perçois seulement davantage de colère.

Puis la lumière change, et j'ai une vision de Darius non en tant qu'homme, mais sous la forme d'un énorme ours à la fourrure brune.

— Il y a un ours en Darius. Je ne sais pas... c'est comme ça que ça se manifeste.

— Tu as vu juste, Wren. Darius a un ours en lui, et s'il le libérait, il pourrait les sauver. Tu peux le lui dire ? demande Teddy.

Je dévisage Darius. Quelque chose plane sur lui, le coupant de moi et de tous les autres, même de Paloma.

Cette ombre se solidifie et prend la forme de barreaux noirs. L'ours de Darius est en cage.

Je me rapproche, et une patte furieuse me manque de peu. Je fais un bond en arrière. L'ours rugit, un son retentissant et peiné.

— Je sais, lui dis-je. Tu n'es pas libre.

Je fais le tour de la structure, mais elle est solide. Je ne sais pas comment l'ouvrir. Et l'ours ne me laisse pas l'approcher pour le consoler.

Il faut que quelqu'un d'autre parle à l'ours et l'apaise. Il ne me fait pas confiance. À qui se fierait-il ?

Soudain, je me retrouve dans mon corps, dans la chambre d'amis.

J'ouvre les paupières et m'assois, bien droite, surprenant les personnes présentes dans la pièce. Matthias, Lana et Teddy me dévisagent.

— Tout va bien ?

Matthias se penche sur moi pour prendre ma tension, mais je lève une main. Je ne veux pas qu'il me touche. Je suis sur le point de tenter quelque chose d'inédit.

Si ça fonctionne, ça pourrait tout changer. Mais si j'échoue, je risque de perdre ma sœur.

*Il faut que ça marche.*

Je me tourne vers Teddy.

— J'ai besoin de votre aide.

* * *

*Darius*

Il y a des murmures tout autour de moi. Je tends l'oreille, mais je n'entends que les rugissements de mon ours.

Puis, quand ces bruits s'estompent, j'entends Teddy m'appeler.

— Darius.

Je le vois clairement sortir de l'ombre à grands pas pour s'approcher de moi.

— Mon frère ? Que se passe-t-il ?

L'obscurité se dissipe. Nous nous tenons dans une clairière. Je reconnais chaque arbre et chaque pierre.

— C'est là qu'on a grandi, dis-je.

Suis-je en train de mourir ? Est-ce à ça que les gens font référence, quand ils disent voir leur vie défiler devant leurs yeux ?

— Il faut qu'on parle, dit mon jumeau. J'ai quelque chose à te dire.

— Je n'ai pas le temps pour ça. Je dois retourner aider Paloma. Elle a besoin de moi.

Au loin, je sens qu'elle souffre. Des choses terribles lui arrivent pendant que je dors.

— Elle a besoin de toi, confirme mon frère en faisant un pas en avant. Mais toi, tu as besoin de ton ours.

— Mon frère, écoute-moi.

Il plante son regard dans le mien. C'est comme si je me regardais dans une glace. Enfin, s'il rasait sa barbe broussailleuse.

— Accepte ton ours.

Je secoue la tête et recule.

— Non. Je ne peux pas le libérer.

— Si. Tu n'as pas le choix.

— Il est trop sauvage.

Je me retourne, et je vois le mobile home de notre enfance. Celui que j'ai mis à sac. Sa façade est enfoncée.

— Il détruira tout.

— Il peut t'aider. Il peut te sauver.

— Non. Il sait uniquement semer le chaos.

Je sens les poils de mon menton pousser pour former une barbe comme celle de Teddy. C'est peut-être pour ça que je me rasais, pour éviter de trop ressembler à mon jumeau. Pour éviter de sembler sauvage.

Tout ça pour ça. Mon ours tente toujours de se libérer.

— Regarde ça, dis-je en indiquant notre mobile home détruit. Regarde ce qu'il a fait.

— Il faut que tu acceptes cette part de toi. Tu dois devenir celui que tu es censé être.

— Et Paloma ? Et s'il lui fait du mal ? Et s'il lui fait peur ?

— Elle est forte. Elle ne prendra pas peur facilement.

— Elle me quittera ! m'écrié-je.

Teddy se rapproche, et je le repousse.

— Comme Winnie. Comme maman.

— Non...

Teddy me saisit, enroule ses gros bras autour de moi. Il est plus fort que moi, ce con. Je tente de me débattre, mais il tient bon.

Il m'enlace jusqu'à ce que je cesse de lutter.

— Elle nous a abandonnés à cause de moi, dis-je.

Dès que ces mots quittent ma bouche, je les entends dans une petite voix, une voix plus jeune. J'ai rétréci et pris la taille que j'avais étant enfant.

Teddy s'accroupit à mes côtés.

— Ce n'est pas de ta faute si notre mère nous a abandonnés. Tu ne dois pas t'en vouloir.

Il se transforme en lui-même, enfant. Pas de tatouages, pas de barbe. Mon miroir.

— Ce n'était pas notre faute, insiste-t-il, de sa voix d'enfant de sept ans. C'est elle qui a fait ce choix.

— Je suis tout seul, dis-je, dans la clairière désormais plongée dans le noir.

— Non, mon frère. Je ne t'ai jamais quitté.

Teddy passe ses bras fluets autour de moi.

— Je ne t'ai jamais quitté, et je ne te quitterai jamais.

Puis nous sommes de nouveau grands, dans nos corps d'adultes.

— Nos frères ne te quitteront pas non plus, dit-il. On ne t'abandonnera pas.

La clairière a disparu, tout comme notre ancien mobile home, remplacé par la cabane de Bad Bear. Ma cabane. La maison que j'ai rejetée.

— Paloma ne te quittera pas non plus. Mais elle a besoin de toi, là.

Une ombre rôde à l'arrière de la cabane. Elle est trop grosse pour se cacher, alors elle ploie l'échine. Ses yeux luisent, et cette lueur fait étinceler ses griffes gigantesques.

C'est un monstre, assez effrayant pour causer des cauchemars à un enfant toute sa vie.

— Il attend, dit Teddy. C'est ta force. Tu dois le libérer.

Je ne dis pas un mot. Je n'ai même pas l'énergie de lui répondre que je ne peux pas.

Teddy me dévisage, puis soupire.

— C'est ma faute. J'étais sauvage, comme toi. Je me disputais beaucoup trop avec toi. Je ne le réalisais pas, à l'époque, mais j'essayais de te provoquer pour que tu acceptes ton ours. Si je m'en étais rendu compte plus tôt, j'aurais pu faire mieux, en te parlant au lieu de t'engueuler.

Je le fusille du regard.

— On est dans mon rêve, et tout tourne autour de toi ?

— Ce n'est pas un rêve. Et ta compagne a besoin de toi.

Une lueur s'allume dans ses yeux, et je vois son ours me regarder.

— Le temps presse, insiste-t-il. Rappelle-toi ce que je t'ai dit.

Il recule, poings serrés. Je reconnais cette posture. Il veut se battre.

Je lève les mains.

— Attends...

Il abat mes défenses et me donne un coup de poing en plein visage.

* * *

*Teddy*

Je me réveille en haletant et en me débattant. Quelque chose m'étrangle, et je sors les griffes pour le déchiqueter.

— Teddy, dit Lana, juste à côté de moi. Tout va bien.

Je m'efforce d'arrêter de me débattre, déchaîné. Je suis dans le salon de notre nouvelle maison de montagne, allongé sur notre canapé en cuir. Lana est tout près, assise sur une ottomane. Matthias est debout derrière elle.

Des lambeaux de tissu bleu clair sont éparpillés sur mon torse et sur le sol.

Je les balaie d'un revers de la main.

— Qu'est-ce que... ?

— C'était la couverture qui était sur toi, indique Matthias. Tu l'as détruite.

Je m'assois et me frotte le visage à deux mains.

— Pardon.

— Ce n'est pas grave, me dit Lana.

Elle me tend la main et attend que je la saisisse. Je la serre contre moi, car j'ai besoin de sa chaleur pour retrouver mes repères.

Après une longue étreinte, elle recule et laisse Matthias m'examiner. Ma tension doit le satisfaire, car il me laisse et retourne dans la chambre d'amis, refermant soigneusement la porte derrière lui.

— Ça a marché ? me demande Lana. Tu t'es connecté à lui ?

— Je crois. Je ne sais pas.

L'état de transe m'a plongé dans un rêve très réaliste.

— J'ai vu Darius, je lui ai parlé. Je pense qu'il a compris le message.

Je me lève, incapable de rester assis une minute de plus. J'ai mal aux doigts comme si j'avais donné un coup de poing à quelqu'un. Darius a la tête aussi dure en rêve que dans la réalité.

La porte de la chambre d'amis s'ouvre à la volée, et Matthias en sort avec Wren. Elle est pâle et tremblante, et je me précipite à ses côtés pour l'aider à s'asseoir.

— Ça a marché ? lui demandé-je.

— Oui.

— Laisse-la reprendre ses esprits, ordonne Matthias.

Lana l'enveloppe dans une couverture. Je me rue dans la cuisine pour aller lui chercher un verre d'eau.

Matthias le porte à ses lèvres pour qu'elle puisse boire. Après quelques instants, Wren reprend des couleurs, et elle s'éclaircit la gorge.

— Ils sont en vie. Je les sens tous les deux.

— Tu as une idée d'où ils se trouvent ? lui demande Matthias.

Elle hoche la tête.

— Dans une structure en acier, le genre d'endroit où l'on stockerait un petit avion. J'ai senti une large étendue autour d'eux. Une forêt. Quelques montagnes. Il y avait des piles de boîtes avec un logo dessus. Un cercle autour d'un X, tous deux stylisés avec des chaînes en argent.

— Compris, dit Matthias, qui se lève et sort son téléphone. Je vais prévenir Kylie. Elle trace tous les vols privés aux États-Unis. Ça l'aidera à déterminer où Thompson les a emmenées.

Il sort pour passer son coup de fil.

— Tu as assuré, dis-je à Wren. Merci.

Elle hoche la tête.

— Je vous ai connecté à Darius pour que vous puissiez lui faire passer le message.

Mes bras se couvrent de chair de poule. J'ignore comment fonctionnent ces visions, mais quand je me tenais avec mon frère devant notre maison d'enfance, la scène me semblait bien réelle.

— Je lui ai transmis le message, dis-je.

Wren cille et lève la tête. Ses yeux sont rêveurs.

— Alors c'est fait, dit-elle. Maintenant, c'est à lui de jouer.

* * *

*Darius*

Je reprends connaissance en me débattant. Je ne peux pas beaucoup bouger. Je suis allongé, attaché à une surface dure par de lourdes chaînes.

Je suis toujours au même endroit, cerné par des gardes. Thom et Paloma se tiennent à quelques pas de là.

— Darius !

Paloma se précipite vers moi, mais deux gardes la tirent en arrière.

— Lâchez-moi.

— Paloma, grondé-je.

Je n'aime pas que ces types la touchent. Et mon ours n'aime pas ça non plus. Il rôde sous ma peau, mais ne se bat pas pour sortir.

Je me remémore mon rêve, le rêve qui selon Teddy n'en était pas un. Tout me semblait bien réel. J'ai toujours mal au visage après le coup de poing de mon frère. Cette douleur est propre et nette, revigorante à côté de la faiblesse maladive causée par l'argent.

Dans mon rêve, mon ours était un monstre déformé.

*Accepte ton ours*, m'a dit Teddy.

— Raconte-lui, ordonne Thom à Paloma. Raconte-lui ce qu'on compte lui faire, à lui et à ses amis métamorphes.

— Libère-moi, et je le ferai.

Il fait signe aux gardes de la lâcher. Paloma se dirige vers moi d'un pas lent, le visage grave.

— Darius, j'ai quelque chose à te dire. Je ne sais pas si on va s'en sortir. Mais ça n'a pas d'importance. Tout ce qui compte, c'est que...

Elle prend une grande inspiration tremblante.

— Je t'aime. Je t'aimerai toujours.

— Princesse, murmuré-je.

Je tire sur mes chaînes, regrettant de ne pas pouvoir les briser pour la prendre dans mes bras.

— Quoi qu'il arrive, je veux que tu le saches.

Sur ces mots, elle pivote et s'empare de l'arbalète posée sur une table voisine. Elle fait face au groupe de gardes.

— Si vous voulez lui faire du mal, il faudra me passer sur le corps.

— Non, dit un grand type avec des lunettes noires.

Il se fraye un chemin parmi les autres gardes. Il sent bizarre, comme s'il était couvert d'huile de clou de girofle. À cause de ça, je n'arrive pas à sentir son odeur. Il s'approche de Paloma à grands pas, mais elle tient bon, et continue de brandir l'arbalète. Elle me protège comme je devrais la protéger.

— Ne lui fais pas de mal, lance Thompson.

Le grand type ralentit, et Paloma lui tire en pleine poitrine. Dans un rugissement, il arrache la fléchette, mais le tranquillisant agit vite. La faiblesse s'empare de lui, et ses jambes cèdent. Il s'écroule par terre.

Paloma montre les dents.

— À qui le tour ?

Elle a des airs de princesse guerrière, ce qu'elle est. Depuis notre rencontre, elle me surnomme le Viking. Parce que c'est de ça qu'elle avait besoin. Pas d'un homme civilisé en costume. D'un guerrier. D'un type fort et sauvage, prêt à tout pour se battre pour elle.

Elle n'imagine pas à quel point je peux me déchaîner. Le moment est venu de répondre à ses attentes et de faire sortir mon ours.

*J'ai besoin de toi*, lui dis-je. *Notre compagne a besoin de toi.*

*Compagne ?*

*On va la marquer. Mais d'abord, il faut qu'on se libère.*

Je lui cède le contrôle, et j'ai l'impression de prendre une bouffée d'air frais après avoir retenu mon souffle durant des années. Mes poumons se remplissent. Mes muscles gonflent. L'ours injecte de la force dans mon corps, plus que je ne l'aurais cru possible. L'argent sous ma peau brûle comme de l'acide, mais je laisse cette douleur me porter.

Mes bras et mon torse fourmillent dans une sensation insoutenable. Des gouttelettes métalliques perlent sur ma peau, teintées de rouge. Je sue de l'argent. De l'argent, et du sang. Je cligne des yeux, et des larmes d'argent roulent sur mes joues, laissant des sillons de feu.

La faiblesse abandonne mon corps en même temps que l'argent. Il ne me reste plus qu'à briser mes chaînes.

Paloma brandit toujours l'arbalète, ce qui fait diversion.

— Ne restez pas plantés là, ordonne Thomson. Saisissez-la.

Ses hommes se ruent vers elle. Paloma tire une autre fléchette, mais elle est vite submergée. Les gardes l'attrapent et l'amènent à Thompson.

— Tenez-la. Je vais lui faire l'injection.

Il sort une fiole de liquide bleu d'une mallette et la lève devant ses yeux. Je sens la puanteur acide du liquide d'ici.

*Du poison,* s'exclame mon ours.

*Sauve-la,* lui dis-je. Il hésite. Je lutte contre lui depuis si longtemps. *Je suis désolé. J'ai eu tort de t'enfermer. Tu fais partie de moi, et j'ai besoin de toi. Tu es ma force.*

Il se dresse sur ses pattes. Son énergie m'envahit. Je tire sur mes chaînes. Elles ne cèdent pas, mais la surface métallique ploie dans mon dos.

— Non, proteste Paloma.

Elle tend les bras dans l'étreinte des gardes et donne des coups de pied en direction de Thompson. D'autres hommes se précipitent pour lui tenir les jambes.

— Tenez-la fermement, ordonne Thompson.

Il fond sur elle, sa seringue pleine de poison à la main.

Je baisse la tête, pliant le métal tout autour de moi. Les chaînes me donnent assez de lest pour que je pose les pieds par terre. Je parviens à me mettre debout, la table métallique sur mon dos.

Un garde entend le bruit des chaînes et se retourne.

— Hein ? s'exclame-t-il.

Puis je libère mon ours.

*Paloma*

Un rugissement fait trembler les murs et le sol de béton. Thom sursaute et fait tomber la seringue qu'il comptait m'injecter.

— Quoi ? dit-il, agacé, en se retournant pour voir ce qui l'a interrompu.

Un homme fait un vol plané devant nous et s'écrase sur un groupe de six autres gardes. Ils tombent comme des quilles de bowling.

Darius est debout, toujours enchaîné à la table métallique, mais il arrive quand même à se déplacer. Il traîne le tout derrière lui. Ses chaînes se balancent bruyamment tandis qu'il piétine les gardes.

— Tirez-lui dessus ! s'écrie Thom, qui tente de fuir et s'écroule.

Les gardes sortent leurs pistolets et tirent.

— Non ! m'exclamé-je.

Darius pivote, et les balles heurtent la table de métal. Des craquements retentissent, et soudain, une patte velue saisit le haut de la table de métal et la soulève.

L'ours de Darius est dressé devant nous. Son corps gigantesque est toujours entravé par des chaînes. De la fumée s'élève en crépitant là où elles brûlent sa chair. Mais il n'en a cure. Il se laisse tomber à quatre pattes et charge une ligne de gardes si vite qu'ils n'ont pas le temps de bondir sur les côtés avant qu'il se jette sur eux. Pistolets et bras humains se mettent à jaillir en tout sens.

Je me laisse tomber, toute molle, dans les bras des gardes. Ils m'abandonnent pour saisir leurs armes, et je parviens à rouler sur le côté.

D'autres types forment une ligne pour tirer sur Darius pendant que je remets la main sur l'arbalète. Je me cache derrière une table renversée, bande les muscles pour compenser le recul de l'arme, et je tire sur nos ennemis. Je vise mal, mais je réussis à faire diversion, car ils se tournent vers moi pour me tirer dessus pendant que je me cache.

L'ours de Darius se dresse de tout son long. Son corps devient incroyablement grand. Les chaînes d'argent sont mises à rude épreuve, et il finit par les briser.

D'autres gardes débarquent dans le hangar.

— Attention ! lancé-je.

L'ours Darius n'a pas besoin de mes avertissements. Il fait déjà un carnage. Il saisit les chaînes qui ont servi à l'entraver et les manie comme des fouets. Il ressemble à un ouragan de fourrure et d'argent qui dévaste le hangar, tuant les gardes, détruisant les équipements et éventrant les boîtes.

Au milieu de toute cette folie, les gardes continuent de tirer, mais Darius ne faiblit pas. Les balles semblent seulement intensifier sa colère. Il pousse un rugissement assez fort pour secouer le hangar. Sa fourrure est rougie par son sang et celui de ses ennemis.

La plupart des gardes sont tombés, terrassés par ce tourbillon mortel. Quelques-uns se ruent vers la porte, et l'ours les prend en chasse. Ils ne sont plus qu'un mélange de chair déchirée et de sang versé. C'est un massacre.

J'entends un grognement non loin. Le grand métamorphe, Hannibal, se relève. Je brandis mon arbalète, mais je ne trouve pas d'autres fléchettes de tranquillisant. Elles sont perdues dans le chaos.

— Darius, lancé-je. Il faut qu'on parte.

L'ours se tourne vers moi. Ses yeux dorés se braquent sur moi, et je ressens une vague de peur. Darius est-il là, derrière ce regard sauvage ?

— Darius, répété-je d'une voix grave et ferme, comme si je parlais à Starlight. C'est moi. Tu t'en sors très bien.

Je fais un pas en avant, et mon pied écrase quelque chose de glissant. Je continue de marcher, sans oser baisser les yeux.

— Mais il est temps de partir, reprends-je. On peut s'enfuir. Ensemble.

Quelque chose me saisit la jambe, et je pousse un cri

aigu, manquant de perdre l'équilibre. Thom me tient. Je me débats, mais il tient bon.

— Lâche-moi, grogné-je.

Une ombre gigantesque tombe sur nous. L'ours est juste là, rugissant. Les pans de fourrure qui ne sont pas maculés de sang se hérissent.

Il se dresse sur ses pattes arrière. *Dios,* il est deux fois plus grand que Darius sous forme humaine. Boucle d'Or se ferait dessus.

Je veux appeler son nom, mais j'ai la bouche trop sèche. Je me contente de le regarder.

D'une patte gigantesque et ensanglantée, il me pousse doucement sur le côté. Son corps est une vraie fournaise, sa chaleur me brûle.

L'ours se laisse tomber à quatre pattes, s'approche de Thom, et sort les crocs. Sa gueule est assez grande pour lui gober la tête.

Au lieu de cela, il se transforme, et Darius apparaît soudain, humain et glorieusement nu. Ses doigts sont fermés sur le col de Thom.

— Paloma, murmure Darius.

— Je suis là.

Je me fraye un chemin jusqu'à lui. Ses blessures semblent encore pires sur sa peau humaine, mais les plus grosses plaies et brûlures guérissent déjà à vue d'œil.

— Qu'est-ce que tu veux faire de lui ? me demande Darius d'une voix rocailleuse.

— J'ai de l'argent, dit Thom avec précipitation. Je vous donnerai tout ce que vous voudrez...

— Tu n'as plus d'argent, lui rappelé-je. Plus maintenant.

Ma chaussure cogne dans quelque chose de petit et l'envoie rouler. Je me penche et ramasse la seringue pleine de poison que Thom voulait m'injecter.

Je sais exactement ce que je compte en faire.

— Tu m'as emprisonnée pendant des années, lui dis-je. Tu as tenté de tuer Wren.

Thom grimace et ouvre la bouche. Darius le fait taire d'un grondement.

— Tu prévoyais de chasser mes amis métamorphes pour le plaisir.

Darius a compris ce que je compte faire, et il déchire la chemise de Thom, dévoilant son torse maigre.

Je m'accroupis et dis à Darius :

— Tiens-le.

Thom se débat, mais Darius est trop fort, et il saisit le vieil homme pour l'empêcher de bouger.

— Ça, c'est pour mes parents.

Je plonge l'aiguille dans la poitrine de Thom. J'ignore quelle dose il me réservait, mais elle doit être forte. Il comptait me punir, m'affaiblir. Et il a des problèmes de cœur.

— Goûte un peu à ce que tu m'as fait subir.

Les yeux de Thom roulent dans leurs orbites. Il est pris de convulsions. Darius le lâche et laisse ses membres percuter le béton en rythme. Nous le regardons jusqu'à ce qu'il se fige.

Je me détourne, dépourvue d'émotion. Thom méritait de mourir.

— Bravo, me dit Darius.

Il me prend dans ses bras. Je l'enlace avec précaution, puis je recule.

— Tu saignes.

— Ce n'est pas aussi terrible que ça en a l'air. Il n'y a pas que mon sang.

— Il faut qu'on s'en aille. Tu peux courir ?

— Oui. Mais toi, tu n'as pas besoin de le faire. Grimpe.

Il fait un pas en arrière, et dans un tremblement qui agite tout son corps, il reprend sa forme d'ours.

Je prends le temps de caresser sa fourrure. Elle est épaisse, et plus douce que je ne l'aurais imaginé. L'ours grogne et tend une patte pour me servir d'échelle. Je m'assois sur son dos et saisis sa fourrure à pleines mains pour ne pas glisser.

Un fracas retentit derrière nous, et Hannibal se dresse au milieu des débris. Ses lunettes sont tombées, et ses yeux noirs luisent. Il me montre ses dents. Ses crocs s'allongent sous mes yeux.

— Vas-y, dis-je en m'accrochant.

L'ours Darius se dirige vers la paroi métallique du hangar et creuse un gros trou dedans. Je baisse la tête pour me protéger des morceaux de métal qui nous tombent dessus. Les muscles de l'ours gonflent sous mes jambes, et nous sortons comme une fusée en direction de la forêt dense.

Chevaucher un ours, ça n'a rien à voir avec l'équitation. Je me colle du mieux que je peux à son dos, mais il est trop large pour que je puisse serrer les genoux. En plus, nous nous trouvons sur un sol inégal, rapides comme l'éclair, et nous évitons les buissons et les arbres. L'ours Darius n'arrête pas de tendre une patte derrière lui pour me remettre en place.

Je finis par trouver la parade, pile quand un rugissement retentit derrière nous. Ce rugissement est différent de celui d'un ours. On dirait plutôt le cri d'un buffle d'eau. Quelque chose traverse bruyamment la forêt derrière nous. Sur son passage, les arbres sont déracinés.

Hannibal nous poursuit.

L'ours Darius redouble d'efforts. Je me couche sur son dos et m'agrippe à sa large nuque. Il court à toute vitesse, mais Hannibal gagne du terrain. Je paierais cher pour avoir une fléchette de tranquillisant sous la main, là.

Un haut pin fend l'air et s'écrase derrière nous. Darius tourne sur la gauche pour l'éviter. L'instant d'après, un autre arbre s'effondre.

Hannibal guide notre trajectoire. Mais où ? Je ne peux pas lever la tête, sous peine de tomber.

Un *flap flap flap* se fait entendre au-dessus de nous. Je me crispe, prête pour une nouvelle attaque, mais il s'agit d'un gros hélicoptère noir. Le souffle de ses hélices agite la cime des arbres.

L'ours Darius court à travers une clairière parsemée de rochers, et l'hélicoptère descend. Canyon passe la tête par l'ouverture.

— Par ici, lance-t-il en nous indiquant l'ouest.

J'entends un craquement. Hannibal a arraché un arbre et le hisse pour le jeter sur l'hélicoptère.

— Attention ! m'écrié-je.

Le tronc fend l'air, droit vers Canyon.

— Meeer-credi ! hurle ce dernier en rentrant la tête à l'intérieur.

— Accrochez-vous, lance Bern dans son siège de pilote.

L'hélicoptère fonce vers l'ouest. L'ours Darius le suit, bondissant par-dessus les rochers. Je suis tellement secouée que mes jambes s'envolent, avant d'atterrir lourdement sur le dos de Darius. Mon seul ancrage, ce sont mes bras autour de son cou.

Devant nous, la forêt prend brusquement fin. Je ne vois rien, jusqu'à ce que nous dépassions la ligne des arbres pour nous retrouver face au vide. Nous sommes au sommet d'une falaise. Au bruit des arbres qui tombent, je sais qu'Hannibal est juste derrière nous. Il nous a coincés.

L'ours Darius s'élance en avant. Il va nous faire sauter de la falaise. J'enfouis le visage dans sa fourrure.

Au dernier moment, l'hélicoptère apparaît et plonge en piqué.

L'ours Darius bondit...

Bern penche l'hélicoptère sur le côté...

L'ours Darius agrippe les patins d'atterrissage. L'hélico se balance violemment, mais ne s'écrase pas. Nous sommes suspendus dans les airs. Je crispe les bras pour rester accrochée à Darius.

Hannibal s'arrête net au bord de la falaise et jette un dernier tronc, comme une lance. L'ours Darius se tortille pour l'éviter. Et je perds ma prise sur son cou.

— Darius ! m'écrié-je.

Il se transforme aussitôt et me saisit le bras. Ce geste me secoue les os jusqu'à l'épaule, mais je suis contente qu'il m'ait rattrapée.

— Je te tiens, dit-il.

Ses doigts sont crispés sur mon biceps. Nous nous balançons dans les airs, le souffle court, jusqu'à ce que Canyon se penche pour nous aider et que Bern prenne de l'altitude et accélère.

# Chapitre Quinze

*P*aloma

À l'instant où nous atterrissons à la montagne de Bad Bear, Darius me montre le petit hangar à côté de la piste.

— Tu as un comité d'accueil.

Là, debout à côté d'Everest toujours sous sa forme d'ours, se tient Wren.

Darius, dont les cheveux et la barbe sont de nouveau dignes d'un Viking depuis qu'il a libéré son ours, m'aide à descendre du petit avion. Après notre sauvetage en hélicoptère, nous avons troqué l'appareil contre un petit coucou. Bern était aux manettes, avec Canyon pour copilote. Tous deux se sont montrés très compétents.

Dès que mes pieds touchent le tarmac, je m'élance. Wren me retrouve à mi-chemin, et nous nous rentrons dedans pour une étreinte maladroite.

— *Gracias a Dios. Gracias a Dios.* J'ai cru que tu étais *morte*, Rencita.

Wren sanglote dans mes bras.

— *Estoy bien.* Tout va bien. *Y tú ?*

— Moi aussi, ça va.

Nous pleurons de joie.

— Où est Thom ? Que s'est-il passé ?

— Thom est mort.

Je jette un regard par-dessus mon épaule. Darius est debout derrière moi, comme s'il assurait toujours mes arrières. Il me sourit.

— Ta sœur lui a rendu la monnaie de sa pièce, comme une vraie guerrière, dit-il à Wren.

— Tu l'as tué ?

Je hausse les épaules.

— Je lui ai injecté le poison qu'il me réservait, sauf qu'il ne devait pas avoir la même tolérance que moi, et puis tu sais bien qu'il a des problèmes de cœur.

Le grand ours sur le tarmac approche d'un pas tranquille.

— Je vois que tu as rencontré Everest, dis-je.

J'ignore ce que Wren sait des ours de Bad Bear, mais nous aurons le temps d'en discuter.

— Oh, oui. Il m'a fait visiter.

Wren hausse un sourcil et ajoute :

— Il paraît que ton copain aussi est un ours ?

Je recule à contrecœur pour faire les présentations.

— Je te présente Darius. Ses frères et lui nous ont sauvé la vie.

Wren ignore sa main tendue et se jette dans ses bras.

Avec un rire surpris, Darius l'étreint en retour.

— Ravi de te rencontrer, Wren.

— Je ne retournerai pas à l'école, déclare ma sœur d'un ton féroce en émergeant des bras de Darius.

— Non, tu n'y retourneras pas. Désormais, on ne se quitte plus. Enfin, jusqu'à ce qu'il soit temps pour toi d'aller à la fac, et de faire tous les trucs normaux que les filles de ton âge sont censées faire.

— Les trucs normaux que tu n'avais pas le *droit* de faire, dit-elle d'un air sombre. J'ai toujours senti que quelque chose clochait, mais tu m'assurais que tout allait bien.

Elle me pousse doucement.

— Pourquoi tu ne m'as rien dit ?

— Je voulais juste que tu sois en sécurité, protégée de cette situation insensée. Si tu avais su, tu aurais insisté pour rester, et Thom aurait découvert que tu étais clairvoyante, toi aussi.

— En parlant de ça, intervient Darius, une main sur l'épaule de ma sœur. On a appris que c'était toi qui avais découvert où on était retenus.

Wren sourit.

— Mais non, j'ai juste découvert des indices. C'est votre amie hackeuse qui a compris le reste. Comment elle s'appelle, déjà ? Kylie ?

— Oui, Kylie.

— Par contre, c'est moi qui t'ai connecté à Teddy, pour qu'il puisse te dire de libérer ton ours.

Je me tourne vers Darius, qui est bouche bée.

— C'est vraiment arrivé ? demande-t-il. J'ai pris ça pour une hallucination.

Wren semble contente d'elle, et elle a bien raison. Je la prends fièrement par les épaules.

— Ah, oui, dis-je. J'ai oublié de te raconter que ma sœur aussi avait un don ? Elle a le chic pour apparaître dans mes rêves. Je ne savais pas qu'elle pouvait connecter deux personnes.

— Je n'avais encore jamais essayé. Mais vu que vous êtes jumeaux, ça a dû aider.

— Ça m'étonnerait, bredouille Darius. On n'est pas proches.

Wren penche la tête sur le côté, comme si elle l'étudiait.

— Moi, vous m'avez paru très proches. Presque comme si vous ne saviez pas où s'arrêtait l'un et où commençait l'autre.

Je lâche un bruit songeur, car énergétiquement, ça me parle. Darius était en conflit avec son frère car il était en conflit avec lui-même. Avec son ours.

— Montez ! nous lance Lana en agitant la main, assise sur le siège passager d'un SUV Jaguar.

Le véhicule s'arrête juste à côté de nous. Teddy est derrière le volant. Ils descendent tous les deux pour nous prendre dans leurs bras, puis je monte à l'arrière avec ma sœur.

— Wren peut loger chez nous, dit Lana. Elle y a déjà pris ses marques, et Darius et toi avez sans doute besoin de vous reposer et de vous rétablir un moment.

— Et de vous occuper de certaines affaires en suspens, grommelle Teddy.

Darius sort les dents et gronde sur son frère.

Je ris et prends Darius par le bras. Son biceps est énorme.

— Il parle de ce que je crois ? demandé-je.

— Quoi ? s'enquiert Wren.

— Il faut qu'il arrête de se mêler de mes affaires d'ours.

Je ris. Lana se joint à moi. Même Teddy lâche un son amusé.

— Apparemment, en ce qui concerne ton ours, Teddy avait raison depuis le début, commenté-je.

Le visage de Darius se radoucit.

— C'est vrai. Merci pour le coup de poing, mon frère. C'était pile ce qu'il me fallait.

* * *

*Darius*

Teddy et Lana nous déposent, et je porte Paloma à l'intérieur de ma cabane, ses jambes potelées enroulées autour de ma taille, son sexe chaud pressé juste un peu plus haut que je ne le voudrais.

Je me débarrasse de mes chaussures dans l'entrée.

— Princesse, je vais t'arracher tes vêtements si vite que ça va te faire hurler.

Je sens mon ours rugir d'excitation, mais il ne m'inquiète plus, désormais.

Je me suis tellement monté la tête à son sujet que j'en ai fait quelque chose de repoussant. De dangereux. Un monstre qui fait du mal aux gens que j'aime. Pendant que je détruisais tout dans le hangar, j'ai réalisé que bien qu'il soit capable de ces choses, il est moi. Si mon ours était aussi déchaîné quand j'étais enfant, c'est parce que je n'étais pas assez grand pour comprendre comment être un ours. Ma puberté est arrivée trop tôt, et notre mère biologique ne m'a pas expliqué ce qui m'arrivait, ne m'a pas appris à gérer ma transformation. Je n'arrivais pas à maîtriser mon côté animal, et ça me faisait peur, ce qui n'a fait qu'effrayer mon ours et le rendre encore plus dangereux.

J'ai rejeté cette facette de moi en croyant que cela me donnait le contrôle dont j'avais désespérément envie, pendant cette période sombre de ma vie. Au lieu de cela, j'ai rendu mon ours encore plus déchaîné, plus frustré, et incapable de trouver satisfaction.

Semer le chaos sous ma forme d'ours pour sauver ma

compagne était satisfaisant, sans aucun doute. Rien ne pourrait me combler à ce point, à part marquer Paloma.

Elle glisse les bras derrière ma nuque tandis que je traverse la petite cabane à grands pas, et elle me mordille l'oreille.

— Oh, vraiment ? roucoule-t-elle.

Elle a envie que je la fasse hurler. Je pense qu'elle veut que je la marque, mais je dois m'en assurer.

Je la porte dans la chambre et la jette sur le lit.

— Oh oh.

— Tu sais ce qui va se passer maintenant ?

Je parle de ma voix bourrue de Viking, en partie parce que je sais qu'elle aime ça, et en partie parce que mon ours est présent. Je le laisse transparaître. Son agressivité est la mienne. Mon agressivité, la sienne.

— Tu vas me marquer ? demande-t-elle.

J'arrache ma chemise, et les boutons valsent à travers la pièce. Paloma glousse. Je fais le tour du lit d'un pas de prédateur.

— Exactement, ma belle. Ça te convient ?

Elle me sourit. Son visage est rose de désir et ses yeux brillent, malgré l'épreuve que nous venons de vivre. Elle hoche la tête.

— Tu n'as pas peur de mon ours ?

Son rire est grave et chaud comme le miel.

— Pourquoi j'en aurais peur ? Il vient de me sauver la vie.

Je lui grimpe dessus.

— Et en plus, Darius, ton ours, c'est *toi*. Tu ne te transformes pas en une entité séparée. Tu *es* l'ours.

Je souris bêtement, comme l'idiot que je suis.

— Je viens justement d'arriver à cette conclusion, princesse.

Je m'empare de sa bouche, l'embrasse avec application, comme je compte le faire jusqu'à la fin de mes jours.

— Ça me prouve que tu es faite pour moi, même si je n'en doutais pas.

Je continue de l'embrasser, frottant mon membre dressé entre ses jambes.

— Tu es la seule à me comprendre encore mieux que je ne me comprends moi-même. Encore mieux que Teddy, même si je n'admettrai jamais devant ce connard qu'il me connaissait mieux que moi.

Paloma éclate de rire.

— Il y a juste un détail à régler avant.

— Lequel, ma petite colombe ?

Elle plisse le nez, adorable au possible.

— Je crois qu'on devrait peut-être prendre une douche.

Je lâche un gros rire de gorge.

— Tu as raison.

J'ai essayé de faire ma toilette dans l'avion, mais j'étais couvert de sang, et les vingt-quatre heures depuis notre dernière douche, extrêmement agréable au demeurant, ont été très longues.

Je la soulève et la porte dans la salle de bains. Elle rit quand je la pose sur ses pieds et enlève sans ménagement son mini-haut taché et déchiré. Elle déboutonne mon jean pendant que je déchire sa brassière.

— Darius ! halète-t-elle. Comment tu as fait ça ? Ça devrait être impossible.

— Princesse, cette nuit, je vais te faire une bonne dizaine de trucs que tu croyais impossibles.

— Ah ouais ? Prouve-le.

*Je relève le défi.*

Je baisse son pantalon et sa culotte sur ses chevilles tout en m'accroupissant. Quand elle libère ses pieds, je glisse les bras derrière ses jambes, maintiens son dos avec mes mains, et je me mets debout, son sexe à hauteur de ma bouche. Elle crie, rit et baisse la tête pour ne pas se cogner au plafond. Je me perds dans son essence juteuse. Ma langue plonge entre ses replis.

Ses cuisses prennent mes oreilles en étau.

— Oh, Seigneur ! Darius.

Elle glisse les doigts dans mes cheveux qui poussent à vue d'œil et tire dessus.

— Oh, mon Dieu.

— Je parie que tu ne savais pas que c'était possible, la taquiné-je entre deux coups de langue.

Ses petits cris tintent comme des pièces d'or autour de moi. Je me contente d'accomplir ce que je suis né pour faire, mais j'en suis récompensé quand même.

— Oh, s'il te plaît, lâche-t-elle, tremblante, contractant sa chair délicate. C'est... trop.

Je sais que si elle dit ça, c'est parce qu'elle a besoin de jouir.

Je me retourne pour coincer ses hanches contre le mur, et je la tiens par les aisselles. Ses jambes pendent sur mes bras, ses pieds s'agitent quand je la pénètre avec ma langue.

— Darius... Darius ! lance-t-elle d'un ton alarmé en me tirant les cheveux. Oh, mon Dieu, pitiéééééé !

Je colle ma bouche comme une ventouse sur l'ensemble de son sexe, et elle se cambre contre moi sous l'orgasme. Elle sanglote de plaisir, toute tremblante, pendant que je l'assois sur le meuble de salle de bains et que j'allume l'eau.

— Ne me lâche pas, murmure-t-elle, agrippée à mes bras lorsque je me détourne. Je crois que je ne pourrai pas tenir debout.

— Je te tiens, princesse.

Je la maintiens d'une main sur sa taille pendant que

j'enlève mon jean. Je ne porte pas de boxer, car mes vête-ments ont été réduits en lambeaux quand je me suis trans-formé dans le hangar, mais heureusement, les triplés m'ont apporté un change quand ils nous ont sauvés.

Dès que je suis nu, je goûte l'eau et, comme elle est chaude, je porte ma superbe compagne dans la cabine. Je la mets debout sous le jet pendant que je fais rouler un pain de savon entre mes mains.

— Non non, intervient Paloma en l'attrapant. Je veux te laver, cette fois.

Elle me tire vers elle, et nous troquons nos places.

— J'ai besoin de sentir tes gros muscles d'ours.

Ses paumes trouvent ma taille et caressent mes flancs, font lentement le tour de mes pectoraux.

Mon membre est dur comme du bois, dressé vers elle, mon gland trempé par le liquide préséminal. Son admira-tion pour mon corps me donne l'impression que mon ours pourrait apparaître d'un instant à l'autre. Au lieu de réprimer cette sensation, je l'accepte. Je ne libère pas mon ours, mais je me fonds avec lui. Je lui permets de se glisser dans ce moment.

Un grondement animal monte dans ma poitrine.

Paloma cesse aussitôt d'admirer mes abdos pour me regarder dans les yeux. Je ne lis aucune peur dans son expression, cependant. Seulement de l'émerveillement. Elle me caresse les joues, puis tire sur ma barbe.

— Je vois tes yeux d'ours.

Je la prends dans mes bras. Mon désir est trop fort pour la laisser faire plus longtemps. J'attrape ses fesses et la serre contre moi, plongeant de nouveau sur sa bouche. Elle ferme le poing sur mon érection, et je grogne.

— Laisse-moi te laver, susurre-t-elle contre ma bouche.

Je me fais violence pour me contrôler.

— Tes désirs sont des ordres, princesse.

À contrecœur, je la lâche, et elle promène le pain de savon sur mon torse, sous mes aisselles, puis le long de mes cuisses, ignorant mon érection évidente.

— Tourne-toi.

Sa voix est rauque. Ses tétons dressés.

J'obéis, et elle me savonne le dos en traçant des cercles, puis ses mains pleines de mousse glissent entre mes fesses pour caresser mes bourses par-derrière.

— Puuuutain, gémis-je.

Je ne peux plus attendre. Je me retourne, mais avant que je puisse reprendre les rênes, elle saisit mon membre et me maintient en place. Elle manque de m'achever lorsqu'elle promène ses mains savonneuses le long de mon sexe.

— Oh, jolie colombe. Tu vas me faire jouir comme un adolescent. Attends.

Je m'empare de son poignet, et elle me lâche.

Je la prends par la taille pour intervertir à nouveau nos places, et je la lave, la vénérant de mes mains pendant que ma bouche parcourt ses pleins et ses déliés et suce, lèche, et mordille tout ce qui lui arrache des cris.

— Bon ! s'exclame-t-elle enfin.

— Bon quoi, ma colombe ?

— Bon, je pense qu'on est assez propres comme ça.

Je ris.

— Mon ours est du même avis.

Je la soulève, coupe l'eau avec mon genou et la porte hors de la cabine. Je l'enveloppe dans une serviette, qui ne reste pas longtemps en place, car trente secondes plus tard, je retourne Paloma et la plaque contre le mur.

— Donne-moi ton cul, grondé-je en lui écartant les jambes.

Elle se penche en avant pour s'offrir à moi.

J'aurais voulu être plus séducteur, y aller doucement, mais il est trop tard pour ça. C'est mon ours qui mène la danse, à présent, et il la veut *maintenant*.

Je frotte mon sexe palpitant contre sa fente, écartant ses replis moelleux. J'ai du mal à me refréner, même si je sais qu'elle est presque vierge. Son corps n'est pas habitué à ma circonférence. Je serre les paupières pour me concentrer, pour ralentir, puis je la pénètre, centimètre par centimètre.

Elle pousse un gémissement langoureux. D'autres pièces d'or tintent à mes oreilles.

— Donne-moi cette petite chatte juteuse.

Ma voix est deux octaves en dessous de la normale.

— Tu es dedans, tu es dedans, halète-t-elle en se cambrant pour m'accueillir plus en profondeur.

— Mmm, c'est bien, bébé. Parfait. Tu es tellement bonne.

Elle mouille de plus belle, me laissant m'enfoncer davantage. Je fais un nouveau va-et-vient.

— Oh, tu aimes que je te dise des trucs salaces, hein ? Tu veux que je te prenne sauvagement par-derrière, princesse ? C'est comme ça qu'il fait, ton Viking ?

— Mon ours, gémit-elle.

Je reste où je suis et je glisse la main devant elle pour tapoter son clitoris. Elle pousse en arrière pour que je la pénètre plus profondément.

— Tu veux ton ours ?

— Oui. Oui, s'il te plaît.

Je passe les paumes sur ses flancs, puis les moule à ses seins et pince ses tétons, avant de descendre et de faire glisser mes pouces dans le bas de son dos.

— Mmm, c'est si gentiment demandé. Je crois que je ferais mieux de te baiser bien comme il faut. Qu'est-ce que tu en dis ?

Je recule, avant de lui donner un profond coup de reins qui l'emplit entièrement.

Elle pousse un cri.

— Oui... oui ! lance-t-elle d'une voix chevrotante.

Je la maintiens avec plus de force et vais et viens plus vite. Je me mords la joue jusqu'au sang pour ne pas me montrer trop agressif. Pour éviter d'être trop brutal avec ma merveilleuse compagne.

Je tapote de nouveau son clitoris.

— C'est bon comme ça, princesse ? Tu aimes que je te prenne profondément ?

— Oh la vache... oui.

— Alors prends ça.

Je la baise encore plus fort, les dents serrées, la respiration saccadée.

— Oui ! s'écrie-t-elle. J'ai besoin de toi. J'ai besoin de toi. J'ai besoin de toi.

Ses gémissements causent ma chute. Je perds le contrôle et la pilonne, mes doigts trop serrés sur sa chair, mon bassin claquant contre ses jolies fesses rondes.

La pièce se met à tourner. Il fait trop chaud. La buée de notre douche couvre toujours le miroir. Je sens mes canines sortir, prêtes à marquer Paloma.

— Tu es sûre de toi ? demandé-je d'une voix rauque, me souvenant d'obtenir une nouvelle fois son consentement.

— Oui ! C'est ce que je veux !

Je glisse un bras autour de sa taille et la prends par la gorge, puis je la soulève contre le mur afin que sa tête soit renversée sur mon épaule pendant que je continue mes va-et-vient.

— Mienne, grondé-je d'une voix qui n'a plus rien d'humain.

Je caresse son clitoris tout en jouissant, et elle atteint

l'orgasme en même temps que moi. Mes dents s'enfoncent dans la partie charnue de son épaule, l'imprégnant pour toujours du sérum qui enduit mes canines.

La douleur la fait sursauter, et l'espace d'un instant terrible, je crains que mon ours la massacre, mais je réalise que je maîtrise pleinement la situation. J'ôte immédiatement mes dents de sa chair, puis je lèche son sang et l'embrasse dans le cou.

— C'est fait, ma colombe, murmuré-je sans cesser de lui caresser le clitoris. C'est terminé. Tu es à moi, désormais. Ma compagne. Pour toujours.

Elle jouit à nouveau, et elle tremble et halète dans mes bras tandis que ses muscles se contractent autour de mon sexe, m'arrachant un nouvel orgasme.

— Je t'aime, Paloma. Je t'aime comme un fou. Plus que je n'ai jamais aimé personne de toute ma vie.

# Chapitre Seize

arius

Paloma a un sanglot. J'ignore s'il est dû à ses émotions ou à son plaisir physique.

— Tout va bien, ma chérie ?

Je la serre contre moi et continue d'embrasser toutes les zones à portée de mes lèvres.

— Je suis désolé de t'avoir fait mal. Je ne veux plus jamais t'en causer. Jamais.

— Je sais. Tout va bien. Je vais bien.

Comme sa voix est larmoyante, je me retire et la soulève dans mes bras pour la mettre au lit.

Une fois que je vois son visage, je suis soulagé. Elle n'a pas l'air de souffrir. Elle semble plutôt en pleine extase. Mon incroyable, sublime compagne.

— Tu me crois quand je dis que je t'aime ? Je veux que tu saches que ce n'est pas qu'une question de phéromones. D'accord, tu es ma compagne destinée, mais tu es beaucoup plus que ça à mes yeux. Je te trouve épatante, Paloma. Tu es plus courageuse que n'importe quel guerrier, et tu es super intelligente. Gentille et loyale. Les sacrifices que tu as faits pour ta sœur sont...

Mes yeux se mettent à brûler lorsque je songe au fait que j'ai abandonné mes frères et la montagne de Bad Bear, même si je me persuadais que je faisais ça pour eux.

Paloma prend mon visage entre ses mains pendant que je nous allonge face à face sur le lit.

— Tu penses à Teddy ? me demande-t-elle.

— Je pensais à tous mes frères. Quel idiot j'ai été... Je me suis convaincu que je devais partir et faire fortune pour les sauver, alors que tout ce que je faisais, c'était fuir mon ours.

— L'ours que j'aime, dit-elle en caressant ma barbe.

— Tu aimes mon ours ?

Je pars à la pêche aux compliments. Par le Destin, c'est fou comme je me sens vulnérable, là. Paloma ne m'aime peut-être pas. Elle n'a pas de phéromones d'ourse pour lui dire que je suis le mâle qu'il lui faut. Mais elle m'a laissé la marquer. Ça doit bien vouloir dire quelque chose.

— Je t'aime toi, dit-elle d'un ton ferme en posant ses lèvres douces sur les miennes. *Et* ton ours. Parce que vous êtes une seule et même personne.

— Tu m'as sauvé, réalisé-je. J'étais une moitié d'homme, avec une facette complètement inexploitée. J'étais dans le déni. Et tu m'as libéré. Tout ce temps, je croyais que je te secourais, mais c'était le contraire. Comme quand je me persuadais que je sauvais mes frères en restant à New York.

Paloma rit, mais son expression a quelque chose de tourmenté.

— Non. Tu m'as carrément sauvée. Seigneur, j'étais complètement asservie. Si tu n'étais pas arrivé, je serais l'esclave sexuelle d'un sale type, en plus d'être le génie des finances de Thom.

Elle frémit.

Mon ours se réveille, enragé, et je le laisse grogner tout fort.

Paloma n'a pas peur. Elle plisse les yeux et m'embrasse à nouveau.

— Le voilà, dit-elle d'une voix ronronnante.

Nous reprenons notre sérieux en nous rappelant ce qu'elle a vécu.

— Je n'arrive pas à croire que Thom savait pour les métamorphes, et qu'il voulait les chasser.

Je me renfrogne.

— Oui, il y a une société internationale d'ultra-riches qui font du trafic de métamorphes. Souvent des jeunes sur le point de se transformer pour la première fois. Ils se font appeler les Venatores.

— Oui. Le mot latin pour *chasseurs*. Thom me l'a dit quand tu étais inconscient.

— C'est ça. Ils ont pris le nom des chasseurs professionnels de la Rome antique qui participaient à des spectacles appelés *venationes*. Lors de ces représentations publiques, ils chassaient et tuaient des bêtes sauvages dans l'arène. J'imagine que pour ces Venatores des temps modernes, les métamorphes sont un adversaire plus intéressant.

— Ils chassent vraiment des jeunes qui viennent d'apprendre à se transformer ? Quels malades !

— Je suis d'accord.

La colère enflamme le regard fier et protecteur de Paloma.

— C'est révoltant. Ces types sont tordus. Amoraux. Il faut les faire tomber.

— Oui. C'est le but de l'unité spéciale de métamorphes que tu as rencontrée.

— Je pourrais les aider. Je connais beaucoup des potes de Thom.

— Ce serait utile. Je suis sûr que l'unité spéciale explorera toutes les pistes que tu leur fourniras, ou celles qu'ils découvriront maintenant qu'ils savent que Thom y prenait part.

Paloma me regarde en clignant des yeux, le regard encore plus troublé qu'avant.

— Est-ce que je vais être recherchée pour meurtre ?

Je glisse une mèche de cheveux derrière son oreille.

— Non. Pas du tout. L'unité spéciale a fait le ménage derrière nous. Ils ont dû simuler une explosion, un accident d'avion ou un truc dans le genre pour nous couvrir.

Paloma s'esclaffe.

— Oh ! Je viens de réaliser que c'est pour ça qu'ils ont lancé des feux d'artifice quand on a atterri à Lockepoint. C'était pour couvrir le bruit des tirs ! C'est malin.

— Oui.

J'effleure la plaie que j'ai laissée dans le creux du cou de Paloma.

— Tu me détestes de t'avoir fait ça ?

Elle rit.

— Je te détesterai peut-être demain, mais pour l'instant, je me sens super bien.

Je me détends quelque peu.

— Le sérum a peut-être un effet sédatif sur les humaines. Je ne suis pas sûr. Je poserai la question à Matthias. On ferait mieux de lui demander de jeter un œil à tes plaies pour vérifier qu'il n'y a pas d'infection, même si ma salive accélère la guérison et a des propriétés désinfectantes.

— D'accord.

Les paupières de Paloma se ferment toutes seules, et sa tête s'enfonce dans l'oreiller.

Je pense que nous sommes réveillés depuis vingt-quatre

heures, sans compter la période où nous étions drogués, mais il nous reste encore beaucoup de sujets à aborder.

— Il y a un truc que je ne t'ai pas dit.

Paloma hisse sa tête sur une main, l'air ensommeillé.

— Quoi ?

— Les ours s'accouplent pour la vie. Te marquer, c'est plus qu'un mariage humain. Il n'y a pas de divorce possible. Tu ne peux pas te débarrasser de moi. Mais je ne veux pas que tu te sentes enfermée, après tout ce que tu viens de traverser.

Paloma me regarde avec ses grands yeux marron.

— Tu veux dire que je suis coincée avec toi ?

Je hoche la tête.

— J'aurai un grand ours grognon et protecteur à mes côtés pendant le restant de mes jours ?

— Exactement, princesse. Mais on n'est pas obligés de rester ici. On peut aller là où vous voudrez vivre, Wren et toi. Je peux travailler de n'importe où, malgré ce que j'essayais de me faire croire ces quinze dernières années.

— Ton ours, il est fourni avec sept frères gigantesques et une mère en hibernation ?

Je vois l'étincelle enjouée dans ses yeux, et je souffle enfin.

— Tout à fait.

— Grand Dieu.

Ses lèvres frémissent, et elle m'embrasse.

— Ça a l'air cauchemardesque, mais je m'y ferai.

Je caresse sa hanche.

— Tu en es sûre, mon amour ? Je sais qu'on vient de se rencontrer, et qu'en général, les humains prennent leur temps avant de s'engager.

— Je n'ai jamais été aussi sûre de quelque chose de toute ma vie.

Elle rapproche son oreiller pour se blottir contre mon torse.

— Mais pour l'instant, j'ai besoin d'hiberner un petit moment, ajoute-t-elle d'une voix ensommeillée.

Mon ours grogne doucement, enfin comblé. Ma compagne est là dans mes bras, à sa place. J'ai beau avoir kidnappé Raiponce dans sa tour, elle est heureuse de rester.

Je dépose un baiser plein de respect sur son front.

— Dors, petite colombe, murmuré-je, bien que sa respiration soit déjà profonde et régulière.

* * *

*Paloma*

— Réveille-toi.

— Faut que tu saches un truc, marmonné-je. Je ne suis pas vraiment du matin.

Ça fait des années que Thom me réveille à l'aube pour faire des opérations en Bourse à longueur de journée, alors je rêve d'une bonne grasse matinée.

— C'est bon à savoir.

Darius m'embrasse l'épaule. Il s'est coupé les cheveux dans un style digne de Wall Street, et c'est hyper sexy. En fait, toutes les coupes de cheveux et de barbe que je lui ai connues lui vont à merveille.

— Dors autant que tu veux, princesse. Mais je te préviens, Teddy et Lana nous ont invités à manger des pancakes pour le petit-déjeuner.

J'ouvre aussitôt les yeux.

— Oublie ce que je t'ai dit, je suis parfaitement réveillée. J'adore les pancakes.

Un rire gronde dans la poitrine de Darius.

— Wren le leur a dit. Everest et elle ont préparé une sauce à la banane pour aller avec.

— Je me lève, je me lève.

Je repousse les draps et me rue dans la salle de bains.

J'en sors quelques minutes plus tard, vêtue d'un legging et d'un débardeur GoddessWear, avec l'une des chemises en flanelle de Darius pour me tenir chaud. Ce dernier m'accueille avec une tasse de café fumante et un baiser.

— Mmm. Je sens que je vais m'habituer à tout ça.

Je lui caresse le menton. Au réveil, il était rasé de près, mais sa peau est déjà couverte de poils courts et dorés.

— Les bisous avec barbe de Viking sont les meilleurs.

— C'est mon ours, grommelle Darius. Il veut faire acte de présence.

— Salut, l'ours. Merci encore de nous avoir sauvé les miches.

Darius colle son front au mien et nous restons ainsi un moment, en communion. Nous avons vécu tant de choses, ces derniers jours. Tant d'aventures, et nous avons triomphé. Je n'arrive pas encore à réaliser que nous sommes ensemble et en sécurité.

Un hennissement retentit derrière la porte. Ce son m'est familier.

— Qu'est-ce que c'est ? demandé-je en levant la tête.

Darius me pousse doucement vers la porte.

— C'est le cadeau de bienvenue que te font mes frères. Ils ont demandé à des amis à eux de l'exfiltrer de Lockepoint.

Je pose ma tasse sur une table basse et sors de la cabane. Dans la clairière patiente ma jument, Starlight.

— Oh, mon bébé, te voilà.

Je prends ses rênes et lui embrasse le museau. Elle me salue par un petit hennissement.

Darius sort à son tour, et Starlight agite la tête et s'ébroue, apeurée.

— Chut, tout va bien.

Je caresse ses flancs et la laisse prendre ses distances avec Darius.

— Elle sent mon ours, commente-t-il en restant à l'écart.

— Elle s'habituera à toi. Moi non plus je ne t'aimais pas, au début.

Je lui fais une grimace, et il sourit.

Axel et les triplés se tiennent à l'orée de la forêt. Je guide Starlight jusqu'à eux. Ma jument couche ses oreilles en arrière, mais elle se laisse guider.

— Merci infiniment, leur dis-je.

Je les prends tour à tour dans mes bras. Ils sont obligés de se pencher, mais il va bien falloir qu'ils s'y fassent. Je ne suis pas près de grandir, et je sens que nous partagerons beaucoup d'étreintes.

Nous formons une famille, désormais.

— Elle a l'air en forme, dis-je. Qui l'a brossée ?

Les triplés montrent Axel du doigt.

— Elle n'a pas eu trop peur, dit ce dernier, avant de le prouver en caressant sa crinière. J'ai vidé mon deuxième garage pour lui faire une écurie.

— On pourra en construire une ici, propose Darius.

— Alors ça veut dire... commence Bern.

— ... que vous restez ? complète Canyon.

Je hausse les sourcils en direction de Darius, qui me prend par la main et dit :

— C'est toi qui décides. Si tu es partante, je suis prêt à rentrer à la maison.

Je souris.

— Oui, je suis partante. Plus que ça, même. Je me suis sentie chez moi dès mon arrivée ici.

— Ouaaaaah, lance Hutch.

Quand Starlight piaffe d'un air nerveux, nous le faisons tous taire.

— Ouais ! chuchotent les triplés.

L'un d'eux lève le poing en l'air le plus discrètement possible.

Nous marchons jusqu'à la villa montagnarde incroyable de Lana et Teddy. Elle pourrait figurer dans un magazine d'architecture, avec sa façade couverte de baies vitrées qui donnent sur la forêt.

Wren sort sur le porche pour me serrer dans ses bras à m'en étouffer.

— C'est l'heure des pancakes ! s'exclame-t-elle.

Elle semble reposée, heureuse et bien vivante, tout le contraire de son apparence chez Thom ou au pensionnat. Comme si quelque chose en elle s'était réveillé à la mort de Thom. Ou en arrivant ici, peut-être. Je suis impressionnée qu'elle soit aussi à l'aise après seulement deux jours parmi de parfaits inconnus.

— Désolée d'avoir dormi aussi longtemps. Ça a été pour toi ici ?

La grande sœur en moi ne peut pas s'empêcher de veiller sur elle, même si de toute évidence, elle est comme un poisson dans l'eau.

— On est ravis de l'accueillir chez nous ! intervient Lana, qui sort de la cuisine pour me prendre chaleureuse-ment dans ses bras.

— Oui, j'adore être ici, dit Wren. Je crois qu'on devrait rester.

Je ris et jette un regard à Darius, qui ne me lâche

toujours pas d'une semelle. Il prend son rôle d'ours, compagnon et garde du corps beaucoup trop au sérieux.

— C'est justement ce qu'on se disait, réponds-je.

Elle se met à sautiller.

— Génial ! Parce que je leur ai déjà dit que tu ne pouvais pas vivre sans Starlight, et du coup, ils l'ont fait venir ici.

— C'est grâce à toi ?

Je souris tellement que mon visage risque de se fendre en deux. J'ai du mal à contenir tout ce bonheur.

Cette impression que tout sera parfait.

— Ouaip, répond Wren avant de se diriger vers l'entrée, comme si elle cherchait les triplés.

Au même instant, la porte s'ouvre à la volée et Canyon, Bern, Hutch et Axel se ruent dans la maison.

— Des pancakes, des pancakes, des pancakes ! s'exclament les triplés en chœur.

Même dans la maison gigantesque de Lana et Teddy, leur présence occupe tout l'espace.

— Du calme, ordonne Matthias.

Il est assis sur le canapé, en train de lire un livre. Ses frères se taisent sans qu'il ait besoin de lever les yeux.

Je remarque que Wren déborde d'énergie quand elle se rend dans la cuisine d'un pas chaloupé.

— Les pancakes sont prêts, venez vous asseoir !

Teddy émerge de la cuisine avec une assiette chargée d'une pile de pancakes aussi haute que sa tête. Les triplés poussent des exclamations ravies.

Darius et moi les suivons dans la vaste salle à manger et nous prenons place. Un instant plus tard, une ombre tombe sur moi. Un énorme ours brun clair se tient derrière la fenêtre.

Everest.

Il est dressé, ses pattes avant posées sur le rebord. Son museau noir tache la vitre.

Teddy pose les pancakes et fait un geste dans sa direction.

— Descends.

L'ours penche la tête sur le côté. Il a beau être énorme, ses petites oreilles rondes sont adorables.

— Oooh, il a faim, dit Wren.

Elle place différents sirops sur la table, ainsi que la sauce à la banane qu'elle a préparée pour moi, car c'est ce que je préfère. Elle se laisse tomber dans la chaise voisine.

— Tu ne peux pas entrer, dit Teddy à Everest d'un ton sévère. Pas d'ours dans la maison.

— Everest, intervient Matthias sans élever le ton.

L'ours disparaît. Je ne sais pas si je m'habituerai un jour à voir un ours gigantesque devant la maison. Ou même sur le terrain de rugby.

— Je le rencontrerai un jour sous sa forme humaine ? murmuré-je.

Darius étend le bras sur le dossier de ma chaise.

— Il est timide. Nous sommes de parfaits contraires. Moi, je ne libérais jamais mon ours. Lui, il passe tout son temps sous cette forme.

— Il faut qu'il se fasse à l'idée qu'il est un homme, dit Teddy en jetant un regard mécontent à Matthias, assis en tête de table.

Ce dernier hoche la tête.

— On y travaille.

— Avant l'arrivée du bébé, on a décidé qu'il était interdit d'entrer dans la maison sous forme d'ours, nous chuchote Lana.

Elle se caresse le ventre en se mordant la lèvre. Elle

semble se sentir un peu coupable, alors qu'elle regarde Everest regagner la forêt d'un pas lourd.

— C'est une bonne règle, dit Darius en nous servant en pancakes, ma sœur et moi. Si on l'avait respectée chez nous, on n'aurait pas cassé trois lits superposés, Teddy et moi.

— Pareil pour nous, renchérit Hutch la bouche pleine.

Axel lui donne un coup de coude.

— On ne parle pas la bouche pleine.

— Vous vous souvenez, un Noël... commence Bern.

Canyon éclate de rire et le coupe :

— On s'est dit qu'on allait surprendre le père Noël à sa sortie de la cheminée...

— Et on a détruit le mortier qui liait les pierres, conclut Hutch.

Les triplés et Axel s'esclaffent. Même Matthias lâche un petit rire.

Hutch reprend son sérieux :

— Ça a détruit l'intégrité structurelle de la maison, et on a dû déménager.

— Ah, le bon vieux temps, dit Canyon, et les deux autres triplés lui donnent un coup de coude.

Teddy se passe une main sur le visage.

— Pas étonnant que notre mère hiberne.

Je coule un regard à Darius, mais il sourit, le visage serein. Les anecdotes au sujet d'ours incontrôlables ne le démoralisent plus.

Après le petit-déjeuner, Darius et moi partons en randonnée. Wren et les triplés nous emboîtent le pas, avec des paniers débordants de pancakes. Au bout de quelques minutes, ils nous quittent pour aller chercher Everest.

Darius et moi prenons un vieux sentier, main dans la main. La forêt est tranquille, et les oiseaux chantent et volettent d'arbre en arbre. L'air glacé a une note fumée. L'hiver arrive. Thanksgiving n'est pas loin.

J'ai beaucoup de raisons d'être reconnaissante. Ma famille est en sécurité. Wren, Starlight et moi allons pouvoir profiter de notre liberté retrouvée, ainsi que de l'amour et du soutien de notre nouvelle famille. Le petit-déjeuner de ce matin n'était qu'un avant-goût du chaos tranquille qu'offre la présence de tous ces ours turbulents, et j'en ai savouré chaque instant. Wren aussi. Elle se sent déjà chez elle.

En plus, ça fait du bien de savoir que si un jour quelqu'un nous menaçait, les ours pourraient réduire nos ennemis en charpie.

Darius brise le silence :

— Alors, ça te convient ? De rester à Bad Bear ?

— J'étais justement en train de me dire que cet endroit, c'est le paradis. L'air frais, la vue spectaculaire. Un Viking sexy dans mon lit.

Je penche la tête sur le côté.

— Et toi ? New York ne va pas te manquer ?

Il pousse un soupir. Je crois qu'une part de lui réalise à quel point il aime sa famille et sa maison. À quel point il a sa place ici.

— Pas vraiment, répond-il. Mes employés sont déjà en télétravail. Je peux rompre le contrat de location de mes bureaux et de mon appartement dès demain, si je veux. Je n'ai même pas de valises à faire.

— Ça n'a jamais vraiment été chez toi.

— Non.

Je garde le silence durant quelques pas pendant que nous digérons ce qu'il vient de dire.

— Rien ne nous empêche d'y aller en vacances, dis-je.

— Oui, ça me plairait bien. J'aimerais te présenter des

amis à moi. Sully, qui nous a fourni un refuge, en fait partie. Mais je crois que notre place est à la montagne.

Je souris, puis je songe à autre chose.

— Et Lockepoint ?

— J'ai mis des gens sur le coup. Le patrimoine de Thom est entre les mains de créanciers. Et d'après ce que Kylie a trouvé, il donnait une bonne partie de sa fortune à des entreprises privées dédiées à la sauvegarde de la nature.

— Pour... sauver la planète ?

Son expression devient sinistre.

— On pense qu'il s'agissait de sociétés-écrans pour les Venatores.

Un frisson me parcourt. Les Venatores perdurent. Ils restent une menace.

— Wren et toi êtes en sécurité ici.

— Je sais. Merci.

C'est sans doute l'endroit le plus sûr au monde pour nous.

— On va continuer de se renseigner, dit-il. Mais pour ce qui est de Lockepoint... je ne suis pas sûr que Wren et toi héritiez de lui.

Je hausse les épaules.

— Ce n'est pas grave. On n'a pas besoin de son argent sale. Je peux en gagner.

Je serre sa main dans la mienne.

— J'attends toujours une invitation officielle à travailler pour les investissements Mountain Top, ajouté-je.

Darius se fige.

— Tu ferais ça ? Tu viendrais travailler pour moi ?

Je me place face à lui.

— Bien sûr. J'aime le trading. Je ne veux être l'esclave de personne, c'est tout.

— Dans ce cas, l'offre est officielle. Cinquante pour cent des parts de l'entreprise, ça te va ?

— C'est parfait.

Je le laisse m'enlacer et me renverser en arrière pour m'embrasser.

— Je t'aime, petite colombe, murmure-t-il juste avant de conquérir ma bouche.

— Je t'aime, mon ours viking.

Je lui rends son baiser.

* * *

*Pas d'inquiétude, ce n'est pas encore fini ! Poursuivez votre lecture pour un épilogue spécial sur la baby shower de Lana, avec la future maman, Paloma, Wren et quelques invités venus de Taos. Sans oublier les Ours Bad Boys, bien sûr.*

# Épilogue

*P*aloma

Le jour de la baby shower de Lana, le soleil brille et l'air est frais. Darius et moi nous rendons chez elle en avance pour l'aider, mais elle a engagé une équipe de professionnels pour organiser la fête, et quand nous arrivons, le buffet pour le brunch est déjà prêt sur la table de la salle à manger, et un grand chapiteau est déjà installé dehors.

Il y a une arche de ballons aux couleurs de l'arc-en-ciel et des serviettes avec des arcs-en-ciel tenus de part en part par de petits ours bruns.

— Quoi, pas de rose et de bleu layette ? la taquiné-je.

Elle porte un ensemble décontracté pervenche avec quelques tresses bleues mêlées à ses nattes roses.

— Je voulais toutes les couleurs possibles. Teddy voulait du marron, pour son ours, alors ces serviettes, c'est en son honneur.

Les organisateurs de la fête ont tous disparu, mais je baisse quand même le ton :

— Tu crois que le bébé sera métamorphe ?

— Teddy dit que c'est probable.

Ce dernier apparaît comme par magie. Il se rue sur sa compagne et se penche pour lui embrasser le sommet du crâne.

— Je parie que nos enfants seront des ours, dit-il.

— Des ours bruns ? demandé-je. Comme Darius et toi ?

— Oui, répond Teddy en bombant fièrement le torse. Même si Everest espère que le bébé sera un mélange entre un grizzly et un ours polaire, comme lui.

— C'est possible, génétiquement parlant ?

— Non, répondent Lana et lui à l'unisson.

— Vous comptez expliquer ça à Everest ?

Teddy se contente de soupirer.

Everest, sous sa forme d'ours, circule entre les tables. Lana a sans doute prévu une fête en extérieur pour qu'il puisse venir.

Je partage cette observation avec Darius, qui hoche la tête.

— On a prévu une réunion de famille pour le convaincre de reprendre forme humaine. Je crois qu'il vit uniquement de la terre, comme un ours.

J'ai envie de lui poser d'autres questions, mais les invités de Lana arrivent. Elle a déjà organisé une grosse fête à Los Angeles pour ses amis célèbres, donc celle-ci est réservée à leurs amis métamorphes et à la famille.

Debout à côté de Darius, je suis presque submergée. Il y a trop d'amour. Trop de convivialité. Après dix ans de solitude, j'ai soudain l'impression de tout avoir. Mon cœur semble sur le point d'exploser.

Hutch et Bern ont amené des femmes en hélicoptère de Taos. Ce sont les compagnes humaines de Rafe, Lance et Deke, les hommes qui nous ont aidés à sauver Wren. Adèle, Charlie et Sadie sont toutes proches de Lana.

— Les mecs ne viennent pas ? s'enquiert Lana en les prenant dans ses bras.

— Ils s'occupent des enfants, répond Charlie. C'est un voyage entre filles, et comme on n'a pas besoin de conduire, on va pouvoir boire !

Je lui tends un verre de cidre brut, qu'elle accepte avec un soupir.

— Mais ils te félicitent, intervient Sadie. Et Deke et Lance se sont battus pour savoir qui pourrait vous offrir une poussette. Ils ont des idées bien arrêtées sur ces engins-là.

— Comment vont tes jumeaux, Sadie ? lui demande Lana.

— On ne ferme jamais l'œil, avec eux, répond Sadie avec un sourire épuisé. Ansel est un oiseau de nuit, et Bonnie se réveille à l'aube. Heureusement que Deke n'a pas besoin de beaucoup de sommeil.

— Vous voulez un café ? s'enquiert Wren.

— Un café brut, plutôt.

— Ha, un café alcoolisé, excellente idée, dit Adèle en s'illuminant, et nous rions toutes.

Après ce brunch arrosé, nous passons aux cadeaux. Adèle a une boutique de chocolats à Taos. Elle a des boîtes blanc et or pleines de petites barres chocolatées pour tout le monde. Lana adore les livres que nous avons achetés pour la chambre du bébé. Teddy et Darius nous font une démonstration avec deux poussettes différentes, avec des ours en peluche en guise de bébés.

Mes ovaires aiment beaucoup voir mon compagnon s'occuper d'un « bébé ». Il surprend mon regard, et ses yeux prennent une lueur dorée. Je détoure la tête avant qu'il se fasse des idées.

Wren se penche vers moi.

— Je vais bientôt être tata ?

Je lui donne une tape enjouée sur le bras.

— Pas tout de suite, non. On veut un peu de temps pour nous. Et je veux bâtir ma carrière.

— D'accord, mais Darius ferait un très bon père au foyer.

Je la fais taire. Les ours-garous ont l'ouïe ultra-sensible.

— Ne me tente pas, dis-je.

Quand je lève de nouveau les yeux, Darius me jette un regard torride, et je me dis que s'il me donne un ourson plus tôt que prévu, ça ne me dérangera pas.

— Vous allez faire une fête pour annoncer si c'est un garçon ou une fille ? demande Charlie à Lana.

— Il est trop tôt pour ça. En plus, hier, Bern a passé trois heures à nous expliquer que le genre, ce n'est pas aussi binaire.

Lana adresse un sourire au triplé gothique. Il s'éclaircit la gorge comme s'il se préparait à nous donner un cours magistral sur le sujet, et ses frères lui plaquent une main sur la bouche.

— Par contre, j'ai demandé au médecin de nous donner quelques photos de l'échographie, reprend Lana en brandissant une enveloppe. On ne les a pas encore regardées. Teddy, tu veux l'ouvrir ?

Il prend l'enveloppe et laisse l'accordéon d'images en noir et blanc se dérouler presque jusqu'au sol. Nous mettons quelques secondes à comprendre ce que nous avons sous les yeux.

Lana lit l'intitulé de la première image.

— Bébé un.

Après plusieurs images, il y a une autre étiquette.

— Bébé deux.

La main de Teddy se met à trembler. Lana soulève la

dernière série d'images. Nous braquons tous les yeux sur la troisième étiquette.

— Bébé trois, lit Darius.

Teddy a les yeux ronds comme des soucoupes, les lèvres figées. Darius prend les échographies et les pose sur la table. Lana se penche dessus, une main sur le ventre.

— Est-ce que ça veut dire… ?

De sa voix apaisante de médecin, Matthias conclut :

— Ça veut dire que vous attendez des triplés.

Il y a un silence abasourdi.

— Ouaaais ! s'exclament les triplés.

Axel tape lentement dans ses mains. Sadie, les mains sur le visage, est prise d'un fou rire.

— Félicitations, mon frère, dit Matthias en donnant une tape dans le dos du futur papa.

Teddy vacille, et Axel le rattrape.

— Ne t'inquiète pas, intervient Darius en allant étreindre son jumeau. On jouera tous les baby-sitters.

— Carrément ! confirment les triplés.

Teddy a l'air au bord de l'évanouissement.

— Je ne sais pas si je dois vous remercier ou vous dire de ne pas approcher mes gosses.

— Viens là, lui dit Lana en agitant la main.

Il la rejoint, s'agenouille devant son fauteuil, et pose son front contre le sien. Nous détournons tous les yeux pour leur accorder un moment d'intimité.

— T'inquiète, papa ours, murmure Lana. On gère.

— Je t'aime, ma chérie, dit Teddy d'une voix émue.

Alors qu'ils s'embrassent depuis une longue minute, Matthias s'éclaircit la gorge.

— Allez, mon frère. Viens boire un verre. Et ensuite, tous les oncles pourront apprendre à changer une couche.

Darius et lui mènent un Teddy sous le choc à l'écart.

Lana frappe dans ses mains.

— Qui veut visiter la chambre ?

— Je reprends ce que j'ai dit, soufflé-je à Wren tandis que nous suivons Lana à l'intérieur. Si les jumeaux et les triplés sont monnaie courante dans cette famille, je crois que je vais serrer les cuisses.

— Je te souhaite bon courage ! raille ma sœur.

L'après-midi est déjà là quand nous concluons la fête par une dernière activité.

— Les frères ont organisé un concours de tarte à la citrouille, annonce Lana. Le gagnant aura le droit de nous fournir en tartes pour Thanksgiving. Adèle, tu veux bien être la juge ?

— Bien sûr, répond cette dernière.

Elle ouvre la marche en direction d'une table décorée avec des citrouilles et chargée de huit tartes.

Matthias court le long de l'allée en direction de la table, un grand sourire aux lèvres.

— Mes frères, mes sœurs, rassemblez-vous. Approchez.

Je rejoins Darius, qui passe un bras autour de mes épaules et me serre contre lui. Ensemble, nous nous approchons de Matthias.

Les triplés l'ignorent jusqu'à ce qu'il mette les doigts dans sa bouche pour siffler, faisant tourner toutes les têtes. Il leur fait signe d'approcher.

Axel, Everest et les triplés se joignent à Teddy, Lana, Darius et moi autour de Matthias.

— J'ai des nouvelles, annonce ce dernier d'une voix forte, mais douce. Je reviens tout juste de la cabane de maman.

— Maman ? demande Teddy.

— Oui, confirme Matthias. C'est ce que je suis venu vous dire. Maman est réveillée.

* * *

*Nous espérons que* La Revendication de l'Alpha *et l'histoire de Darius et Paloma vous ont plu. Si c'est le cas, merci de laisser un commentaire. Ils font toute la différence pour les auteurs indépendants.*

*Si vous n'avez pas encore lu le roman de Teddy et Lana* (Le Secours de l'Alpha), *cliquez ici.*

*Pour l'histoire de Jackson et Kylie* (La Tentation de l'Alpha), *cliquez ici.*

*Et ne ratez pas les couples de Taos dans notre série* Shifter Ops !

*Bisous, et pleins d'ours rugissants pour vous,*
*Renee & Lee*

*Cliquez ici pour une nouvelle de Thanksgiving BONUS* : Thanksgiving à Bad Bear

# Ouvrages de Renee Rose parus en français



## *Les Loups-Garous de Wall Street*

*Grand Méchant Patron: Minuit*

*Grand Méchant Patron: Folie Lunaire*

Grand Méchant Patron: Marquée

Grand Méchant Patron : Accouplés

## Alpha Bad Boys

*La Tentation de l'Alpha*

*Le Danger de l'Alpha*

*Le Trophée de l'Alpha*

*Le Défi de l'Alpha*

L'Obsession de l'Alpha

*L'Amour dans l'ascenseur (Histoire bonus de La Tentation de l'Alpha)*

*Le Désir de l'Alpha*

*La Guerre de l'Alpha*

*La Mission de l'Alpha*

*Le Fleau de l'Alpha*

*Ouvrages de Renee Rose parus en français*

*Le Secret de l'Alpha*
*La Proie de l'Alpha*
*Le Sang de l'Alpha*
*Le Soleil de l'Alpha*
*La Lune de l'Alpha*
*La Serment de l'Alpha*
*La Vengeance de l'Alpha*
*Le Feu de l'Alpha*

**Les Ours Bad Boys**
*La Revendication de l'Alpha*

**Dompte-Moi**
*Son Maître Royal*
*Oui, Docteur*
*Son Maître Russe*
*Son Maître Marine*
*Soumise à leur Punition*
*Son Maître Pompier*
*Son Maître Cuistot*

**La Bratva de Chicago**
*Prélude*
*Le Directeur*
*Le Stratège*
*Possédée*
*L'Homme de Main*
*Le Soldat*
*Le Hacker*
*Le Bookmaker*
*Le Nettoyeur*
*Le Coureur*
*Le Gardien*

## Les Nuits de Vegas

*Roi de carreau*
*Atout cœur*
*Valet de pique*
*As de cœur*
*Joker Mortel*
*Dame de trèfle*
*Cartes sur Table*
*Bonne pioche*

## Alpha des montagnes

*Le héros*
*Rebel*
*Le guerrier*

## Série Chicago Sin

*Nid de Péché*
*Ancré dans le Péché*

## Lycée Wolf Ridge

*Brute Alpha*
*Chevalier Alpha*
*Alpha par Alliance*
*Le Roi Alpha*

## Le Ranch des Loups

*Brut*
*Fauve*
*Féral*
*Sauvage*
*Féroce*
*Impitoyable*

**Deux Marques**
*Indomptée (libre)*
*Tentée*
*Désirée*
*Séduite*

**Maîtres Zandiens**
*Son Esclave Humaine*
*Sa Prisonnière Humaine*
*Le Dressage de Son Humaine*
*Sa Rebelle Humaine*
*Sa Vassale Humaine*
*Son Compagnon et Maître*
*Animal de Compagnie Zandien*
*Sa Possession Humaine*

**Les Épouses Zandiennes**
*La Nuit des Zandiens*
*Achetée par les Zandiens*
Dominée par les Zandiens
Les Lumières de Zandia
Détenue par le Zandian
Revendiquée par le Zandian
Enlevée par le Zandian
Sauvée par le Zandian

# Toujours par Lee Savino

**Romance paranormale**

La Saga des Berserkers

**Vendue aux Berserkers**

*Rien ne pourra empêcher ces féroces guerriers de revendiquer leur compagne.*

Alpha Bad Boys

**Le Tentation de l'Alpha** avec Renee Rose

*Mon loup veut la marquer et en faire sa compagne, mais elle est humaine et délicate : elle ne survivrait pas à une morsure de métamorphe.*

* * *

**Romance et science-fiction**

Exilés sur la Planète-Prison

**La Compagne des Draekons** avec Lili Zander

Une romance extrarrestre à trois

*Un vaisseau spatial écrasé. Une planète-prison. Deux imposants extraterrestres bronzés qui se transforment en dragons. Le mieux dans tout ça ? Les dragons prétendent que je suis leur compagne.*

* * *

**Romance contemporaine**

Bad Boy Royal

*Je ne suis pas du tout en train de tomber amoureuse de mon arrogant et agaçant dieu du sexe de patron. Non. Absolument pas.*

Royally Fake Fiancé

*Le duc de Nouvelle-Arcadie a un problème d'image que seule une fiancée peut régler. Et je suis la petite veinarde qu'il a choisie pour jouer les Cendrillons.*

La belle & les bûcherons

*Après cette saison au camp des bûcherons, j'arrête complètement de baiser. Parce que : j'ai mes raisons.*

Papa à moi

*Mon héros marin sexy veut que je l'appelle « papa »...*

L'innocence brisée

**Innocence** avec Stasia Black

Une romance sombre de mafia

*Je suis le roi des bas-fonds du crime.*

*Elle est à moi, et je ne la laisserai jamais partir.*

Captive du milliardaire

**La Belle et sa Bête** avec Stasia Black

Une romance interdite

*Elle expiera les péchés de sa famille... pour toujours.*

*Elle est la Belle, et je suis la Bête.*

# À propos de Renee Rose

**RENEE ROSE, AUTEURE DE BEST-SELLERS D'APRÈS USA TODAY**, adore les héros alpha dominants qui ne mâchent pas leurs mots ! Elle a vendu plus d'un million d'exemplaires de romans d'amour torrides, plus ou moins coquins (surtout plus). Ses livres ont figuré dans les catégories « Happily Ever After » et « Popsugar » de USA Today. Nommée *Meilleur nouvel auteur érotique* par Eroticon USA en 2013, elle a aussi remporté le prix d'*Auteur favori de science-fiction et d'anthologie* de Spunky and Sassy, e celui de *Meilleur roman historique* de The Romance Reviews. Elle a fait partie de la liste des meilleures ventes de USA Today sept fois avec ses livres Wolf Ranch et plusieurs anthologies.

**Abonnez-vous à la newsletter de Renee** pour recevoir des scènes bonus gratuites et pour être avertie de ses nouvelles parutions!
https://www.subscribepage.com/reneerosefr

# À propos de Lee Savino

Lee Savino a l'intention de conquérir le monde, mais la plupart du temps, elle n'arrive même pas à trouver ses clés ou son téléphone, alors elle préfère encore rester chez elle et écrire des romances smexy (smart + sexy). Elle adore le chocolat, passe sa vie en pantalon de yoga et porte les chapeaux comme personne.

Pour de bonnes tranches de rigolade, rejoignez son groupe sur Facebook en anglais, Goddess Group, ou rendez-vous sur **https://geni.us/BredBerserkerFR** pour vous inscrire à sa news-letter et recevoir un livre gratuit.

Site web : www.leesavino.com
Facebook Goddess Group :
https://www.facebook.com/groups/LeeSavino/

www.ingramcontent.com/pod-product-compliance
Lightning Source LLC
Chambersburg PA
CBHW070518100726
47907CB00004B/886